JN178741
あろうことか、彼の大きな手が二つの膨らみをそっと包み、
やんわりと揉み込んでくる。
「ひっ……や、ん……っ」
「蕩けそうに柔らかい……なのに、小さな実が私の掌を押し
返してくる」

虐げられた聖女は
氷の王太子に熱く愛し尽くされる

釘宮つかさ

Vanilla文庫

CONTENTS

イラスト／森原八鹿

＊　第一章　牢屋にやってきた天使　＊

――なぜ、こんなことになってしまったのか。

歯嚙みしたい気持ちで、レオノールは自分を責め続けていた。

すべての始まりは、宰相である叔父マクシミリアンに唆されて、隣国との国境の視察に同行したことだった。

叔父はある日、『父君を驚かせたくはないか？』とレオノールに囁いた。

『私はこれから、戦況が膠着している隣国アレンブルグとの国境の視察に向かう。お前も密かに同行しないか』

把握した状況をもとに戦略を練り直し、二人の意見として、国王である父君に進言しよう。

そうすれば、きっと国王もお前に一目置くようになるぞ――と。

王太子の身でありながら、まだ父から士官学校への入学の許しをもらえずにいたレオノールは、それを常々不満に思っていた。

先日、十三歳の誕生日を迎えたレオノールは、国王にとって待望の男子だった。幼少時から徹底的に帝王学を授けられ、次期国王として厳しく、そして大事に育てられてきた。あらゆる種類の勉学の教師をつけられたおかげで、大陸の地理も頭の中にすべて入っているし、主要な周辺国の言葉も何か国語か話せる。

けれど、国一番の腕利きだといわれる騎士ともしばらく打ち合えるほどになってもまだ、『お前にはまだ早い』と言われて実戦には出してはもらえず、内心で焦れていた。

戦地のそばに赴くなど、たとえ視察であっても父にとっては言語道断だろう。

そのせいで、叔父の言葉巧みな囁きについ頷いてしまった——まさか、優しかった叔父が、本心では自分を殺したいほど邪魔に思っているとは知らずに。

到着した国境で、そこにいるはずのない隣国の師団と遭遇したときは、まだ偶然だと思っていた。

極力身軽にと言われ、そのときレオノールが連れていた護衛はわずかに二人だけだ。彼らは軍の若手の中では抜群に腕利きだけれど、多勢に無勢では敵うわけもない。

激しい抵抗の甲斐もなく、隣国の軍人たちに捕らえられ、護衛と引き離された。剣と王族の証しである金細工のブレスレットを奪われても、近くにいたはずの叔父の隊の者は誰も駆けつけてはこなかった。

『お手柄だ！　まさか本当にバルディーク王国の王太子が来るなんてな』

『ああ、こいつも可哀想になぁ、血の繋がった人間の手で敵国に売られるなんて』

拘束され、手荒な扱いで馬車に乗せられながら、敵国の兵士たちが興奮したように話すのを聞いたとき、ようやくレオノールは悟った。

まるで待ち構えるようにして身を潜めていた隣国の兵士たち。

すぐそばにいたはずなのに、叔父と彼が連れてきた兵士たちは忽然と姿を消していた。

つまり、『王太子が来る』という場所と日時が、密かに敵の軍に流されていた。

——叔父にはめられて、自分は隣国に差し出されたのだ、と。

そうして、父上に手柄を持って帰れるかもしれないと期待に胸を膨らませた愚かなレオノールは、護衛もろとも連れ去られてしまった。

レオノールは、どんよりした目で薄汚れた鉄製の扉を見つめていた。

（捕らえられてから、もう半月か……）

隣国であるアレンブルグ王国の牢屋に閉じ込められてから、毎朝、祈るような気持ちで日の出を数え続けた。

レオノール・アレクサンダー・フォン・バルディークはバルディーク王国の王太子だ。

バルディーク王国は建国してからの歴史は二百年ほどと浅いものの、中小の国を次々と併合し、今や大陸の大半を支配する強国となっている。

現在、北東側の隣国であるこのアレンブルグ王国とは戦争の最中で、たとえ平民であっても捕虜になるのは最悪の事態だ。王族で、しかも王位を継ぐ予定の身であればなおさらだった。

アレンブルグの王城は、切り立った山の頂上に立っていた。

城の敷地の一角には立派な教会があり、その近くにそびえ立つこの古い塔は、最上階が牢屋になっている。

おそらくは、罪を犯した王族や身分の高い政治犯などを特別に、そして厳重に収監するための場所として古くから使われていたものだろう。石造りの牢屋には、高級そうだが古びた寝台と、色褪せたソファが置かれていた。

手が届かないほど高い位置に作られた明かり取りの窓から光が差し込むだけで、暖炉はない。

レオノールに与えられたのは、薄くてかび臭い毛布一枚のみで、ここに入れられてからというもの、日が落ちると毎晩凍えそうになった。

まだ秋が始まったばかりで、温暖な気候の平地に立つ祖国の城内は暖かい。それなのに、国境を接している隣国アレンブルグがこれほど冷え込むとは、とレオノールは驚いていた。

汚れた薄い毛布で身を包み、忸怩(じくじ)たる思いを嚙み締めながら、今日もある人物がやってくるのを待つ。

やっと夜が明けて、小さな窓から朝日が差し込み始める。

そうして、じりじりと待ちながら、少しずつ空気に暖かさを感じるようになった頃。

誰かがこの牢屋に通じる螺旋階段を上ってくる気配がした。

――天使がやってきたのだ。

「……ありがとう。あなたもよかったら食べてちょうだい」

待ち望んだ涼やかな声が聞こえてくる。

「やあやあ、聖女様、儂にまでお気遣い痛み入りますなあ」

看守の男のへりくだった声音が腹立たしい。いつもレオノールのことはぞんざいに扱い、吐き捨てるように忌々しげな言葉しか投げてこないのに。

「ここはとても冷えるわね。毎日監視をするのも大変でしょう？　そちらの椅子に腰かけて、少し休憩していてかまわないわ」

二重にかけられた鍵が開く音がする。かすかにいい匂いが漂ってきた。

そのとき初めて、いつの間にか扉に近づけるぎりぎりまで寄って会話を聞いていたことに気づく。扉が開く前に慌てて離れると、レオノールは急いで寝台に腰を下ろす。いっさい待ってなどいなかったというふうを装った。

「おはようございます、朝食を持ってきたわ」

小ぶりな壺を両手で抱えて腕にカゴをかけ、にっこりと笑みを浮かべながら入ってきたのは、七、八歳くらいの少女だ。

「おはよう、聖女よ」

表情を変えないようにしつつ、レオノールも挨拶を返す。

彼女が入ってきただけで、薄暗い牢屋の中が明るくなったような気がした。

フィリーネという名のこの少女が着ているドレスは、手間と金のかかった豪奢なものだ。艶やかな髪は綺麗に櫛を通されて、使用人による手入れが行き届いていることがわかる。

それもそのはず、この少女は、隣国の人々から『アレンブルグの聖女』と呼ばれ、敬われている存在なのだという。

看守が誇らしげに告げた話では、フィリーネは幼い頃に神と通じる特別な力が目覚めたために、王家所有の教会に引き取られた。その後、数々の奇跡を起こし、平民のみならず、大神官や貴族たちからも尊敬を集めて、非常に気難しい人物と噂のアレンブルグの王でさえも、今では彼女を無下にはできないほどの影響力があるらしい。

大陸の各国でも、時折特別な力を持つ神官や聖女の噂が届いては、『やはり偽りだった』と立ち消えることは多々ある。だが、王家の教会に召し抱えられたとなれば、彼女の力は本物なのだろう。

その聖女が、なぜ牢屋を訪れたりするのか。

髪に小さな虫がたかるのを手で払う。普段はさらさらのレオノールの金髪は、見るも無残に脂じみてボサボサだ。宝石のようだとうっとりされる碧い目だけは変わりないはずだが、ここではなんの役にも立たない。

いまだかつてないほど垢じみた姿には自分でも不快感がある。だが、聖女は看守に顔や体を洗う水を与えるように伝えるだけで、嫌な顔一つ見せたことはなかった。

まっすぐに牢屋の中に入ってきたフィリーネは、繊細なレースのついた衣服の裾が汚れるのも構わずにその場に膝を突く。ポケットから出した布を床に広げてカゴと壺を置くと、カゴの中から二枚の深皿と二本の匙を取り出した。

慣れた手つきで匙を使い、壺から二人分の皿に分けたのは、具の入った美味しそうなスープだ。それから、カゴからパンとチーズを取り出して、それぞれの前に置く。

食事の用意が済むと、「食前のお祈りをしましょう」と言って、彼女は胸の前で手を組むと目を閉じる。

絶望しかない牢屋での日々に、祈りは綺麗事でしかないし、今のレオノールにとってなんの救いにもならない。

それでも、仕方なく手を組みながら、レオノールは少女を見つめた。

長い睫毛が影を落とす頰は雪の如き白さで、淡い色の唇が愛らしい。類い稀な美少女というわけではないけれど、人好きのする可愛らしい顔立ちだと思う。

背中を覆う髪は艶やかな亜麻色で、目を開ければ、その瞳は一瞬ハッとするような美しいスミレ色だ。

することもなく無駄に時間が過ぎていくばかりの捕虜暮らしの中、フィリーネがいるわずかな時間だけ、レオノールはまともに呼吸ができるような気がした。

「さあ、冷めないうちにいただきましょう」

そう言って、にっこりした彼女から食事を勧められて、スプーンを手にする。

運んでくる間に温くなったスープに、冷えたパン。チーズの切れ端。

豊かな王家に生まれたレオノールにとって、このメニューは使用人の食事以下だ。以前なら家畜のエサかと手をつけさえしなかっただろう。

だが、今はじゅうぶんすぎるほどのご馳走だった。

捕らえられて二日半、水しか与えられず、不安と空腹に苦しんでいたとき、このフィリーネが塔に乗り込んできた。

彼女は『捕虜に食事を届けにきました』と言って、長いやりとりの末、根負けした看守に扉を開けさせた。

それからというもの、自分の責任でレオノールに食事を与えると宣言し、こうして毎朝食事を運んできてくれるのだ。

しかも、ただ差し入れて帰るだけではなく、同じものをこの場で一緒に食べていく。

（……僕が毒殺されないように、気を配ってくれているのか……）

祖国では、敵国の捕虜にも最低限の衣食を用意する。それは、戦争が終結したあと、敵国を併合する可能性をふまえ、無駄な禍根を残さないためだ。

だが、このアレンブルグ王国では、兵士も看守も、レオノールのどんな要望も聞き入れることはなかった。それどころか、バルディーク王国をあらゆる言葉で罵り、ときにはレオノールを実際に痛めつけて、憂さを晴らしさえする。

この国の王には、隣国の王太子である自分を丁重に扱うつもりなどないのだ。怒りが湧くとともに、生きて帰れないかもしれない不安に、背筋が冷たくなった。

普通なら、地位の高い者を捕らえれば、早々に相手国に知らせを送り、有効な取引材料とするものだ。だが、そもそもこの様子では、国王である父に、自分がここにいることが伝わっているのかすら怪しかった。

アレンブルグ側の国王が捕虜をずさんに扱うことを許しているなら、部下が先走ってレオノールを始末しようと動く可能性はゼロではない。

つまり、現在、レオノールの命は薄氷の上にある。

——すべて、叔父の狙い通りだ。

レオノールは歯噛みしたい気持ちでいっぱいだった。

叔父マクシミリアンは、レオノールの亡き母の弟だ。宰相位につき、義兄である国王の片腕として長い間忠実に仕えてきた。

レオノールは遅くにできた子なので、父王は高齢だ。もしもレオノールが亡くなり、国王が退位すれば、現時点で国王代理として国を掌握するのは、叔父だ。

叔父の本性に気づくのが遅すぎた。

——常に優しく、穏やかだった彼が、まさかバルディークの王位を狙っていたなんて。

(ともかく、生きて国に帰らなくては……)

自分を隣国に差し出して始末させたあと、叔父が狙うのは、間違いなく国王である父の命だろう。

すぐに殺しはしないかもしれないけれど、自然死を装ったり、事故に見せかけて暗殺する方法などいくらでもある。

無事に祖国に帰り着き、父に叔父の狙いを伝えなくてはならない。

そのためには、なにはともあれ食べることだと、レオノールは勢い込んで皿を綺麗に空にした。すると、ゆっくりスープを口に運んでいたフィリーネが匙を置き、自分の分のパンを手に取る。

彼女は開いた扉の向こう側をちらりと見た。

聖女から休憩の許可を得た看守の姿はこちらからは見えない。きっと、ここぞとばかりにのんびりと椅子に腰かけ、渡された差し入れを味わっているはずだ。

看守がこちらを見張らずにいられるのは、レオノールの足首には頑丈な金属の足輪がはめられていて、一定以上聖女に近づくことはできないからだ。二人きりにしても危害を加えたり、人質に取ったりすることは不可能だとたかをくっているのだろう。

しかも、塔の入り口には頑丈な門があった。外には兵士も立っているから、たとえ牢屋を出られたとしても逃げようもない。

看守の目がないことを確認してから、彼女は素早くレオノールに自分のパンを寄越す。それからポケットから取り出した布包みも渡してきた。

それらを受け取ると、レオノールは素早く毛布にくるんで隠す。

中身は夕食用のパンだ。彼女はここには一日一度しか来られず、朝までの間にレオノールが飢えないようにと気遣ってくれるのだ。

更に彼女は、一口二口食べただけの自分の皿もさっとこちらに寄越す。受け取ったレオノールは、二人分の皿の中身をいつになくがつがつと急いで腹に収めた。

レオノールが食べ終えるのを見てホッとしたのか、聖女は花が咲いたように微笑んだ。

「僕の護衛たちの安否を知らないか？」

食器を片付けるフィリーネがそろそろ帰ってしまうのだと気づき、レオノールは潜めた声で訊ねた。

彼女が知っているかはわからないが、訊かずにはいられなかった。

看守が嫌がらせのように教えてきたことは事実なのだろうか。自分とともに捕らえられた護衛たちは、この塔よりずっと薄汚い地下牢に、犯罪者たちとともに押し込まれているのだと。

レオノールの護衛であるオットーとフランツの二人はそれぞれ四歳と二歳年上で、ともにバルディークの王家に近い家柄の貴族だ。彼らは出発前、国境に行くことを考え直すようにと強く言ってくれた。

それを押して、ここまで同行させてしまったのは自分だ。

なんの咎もないオットーたちが酷い待遇の牢屋に入れられているのだとしたら、その責任はレオノールにある。

彼らの身になにかあったら、その家族に顔向けができない。なんとしても、無事に連れて戻らなければ。

「名はフランツとオットーだ。あの二人は……」

潜めた声でレオノールは更に続けようとする。

すると、聖女が唇の前に人差し指を立てたので、とっさに口を閉じる。

彼女は無言で小さく頷いた。

その翌日、フィリーネはいつもより少し遅い時間に食事を届けにきた。

「遅くなってごめんなさい、お腹が空いたでしょう」

空腹よりも、彼女になにか起きたのだろうかと気になっていたレオノールは、カゴを手に現れた姿を見てホッとした。

いつも笑顔の彼女は、なぜか少し疲れた様子だ。

看守が差し入れの食べ物に夢中で、こちらに気を配っていないことを確認してから、フィリーネはこっそり囁いた。

「……残念ながら、会うことはできなかったのだけれど、あなたの護衛さんたちのいるところがわかったから食事を届けてきたの。安心して、明日からも毎日必ず届けるわ」

彼女がいつもより遅れてやってきた理由がわかった。その瞬間、レオノールの目の前に光が差したような気がした。

「ああ……神の助けだ。ありがとう、聖女よ……！」

自分のところに食事を届けるのも一揉めあった。別の牢屋にいるフランツたちの居所を調べ、更に食事を届けるのは、敬われる身にある彼女であっても大変だったのではないか。

レオノールは泣きたいような気持ちで両手を組み、目の前の少女に深く感謝した。

その手にそっと触れられて、肩がびくっと震えた。

目を開けると、フィリーネがこちらに手を伸ばして、労るように小さな手をレオノールの手に重ねていた。牢屋暮らしのせいで汚れた手を、わずかも厭うことなく、まるで大切な家族を慰めるみたいに。

「希望を捨てては駄目よ。信じている限り、神様は必ず助けてくださいます」

レオノールは込み上げそうになる涙を堪えて、一つ頷いた。

小さな手の優しさは、レオノールの心をじんわりと深くまで温めた。

「彼らを連れて国に戻れたら、必ず君にじゅうぶんな礼をする」

彼女は困ったように微笑んだ。

「お礼なんていらないわ。さ、ともかく今は食べて」

促されるまま、一緒に食事をとる。力が湧いてきて、必ずオットーたちを連れて国に帰るのだとレオノールは自分に言い聞かせた。

すべて食べ終え、礼を言って彼女に皿を渡す。

ちらりと看守の様子を窺ってから、フィリーネはまた声を潜めて言った。

「食後の感謝の祈りを捧げましょう」

今日は素直に手を組んで目を閉じた。

「神の御名において、あなたに祝福を授けます」

フィリーネの囁きが聞こえた。

そのとき、ふいにじわっと腹の底にぬくもりを感じた。次第にどんどん全身が温かくな

っていく。

薄く目を開けて、レオノールは小さく息を呑んだ。

目を閉じ、手を組んだ聖女の体が淡い光に包まれている。

これまで何度も彼女が祈るところを見たけれど、こんなことは初めてだ。

きらきらする温かな光が、彼女の周りをふわりと舞う。

その光は、レオノールにもかすかにかかった。すると、劣悪な環境で冷え切った夜を過ごして強張った手足の痛みや、看守に腹を蹴られ、疼いていた打撲の痛みがみるみる消えていく。

聖女は奇跡の力で、レオノールの傷や痛みを治してくれたのだ。

この世のものではないような幻想的な光景は、彼女が目を開けると同時に終わった。

「……では、また明日の朝に」

にっこりと微笑んでフィリーネは立ち上がる。

名残惜しくその後ろ姿を見送ってから、さっき彼女が触れた手を見つめる。

レオノールに命を繋ぐための食べ物と、それから生きる希望を与えて、天使は去っていった。

＊　第二章　奇跡の力を失った聖女　＊

――十二年後。

フィリーネは教会の信徒席を一つ一つ丁寧に拭いていく。

今日は特に冷えて、吐く息は白い。後ろで一つに束ねた髪まで凍ってしまいそうなほどの寒さだ。

アレンブルグ王国の城は北方の山の頂に立っている。そのそばにある王家所有の教会は天井の高い荘厳な造りで国の財産とされているけれど、とにかく寒さが堪える。

着ているのは薄汚れた下働き用のお仕着せのみで、毛織物の上着を着込むことは許されない。冷えた手はうまく動かなくなってきた。

他の下働きたちと仕事を分担しているが、教会は広すぎる。

十九歳になったフィリーネは、日々の労働で疲れ果てていた。

（まだまだ仕事は残っているんだから……）

そう自分に言い聞かせ、時折、あかぎれだらけの強張った手をもういっぽうの手で包んだり、はーっと息を吹きかけて温めたりしながら、せっせと座席を磨いていく。

そばの通路を時折人々が行き交う。教会は城の敷地内でも唯一、一般の民にも開放されているから、信心深い民が祈りを捧げにやってくるのだ。

ふいに高齢の女性が足を止めて、こちらに向かって深々と頭を下げた。

「聖女様に祝福を」

痛ましげな表情をした女性は、胸の前で手を組む。

「ありがとうございます。あなたにも、神のご加護がありますように」

慌てて布を置くと、フィリーネも感謝を込めて胸の前で手を組む。

頭を下げて去っていく老夫人とすれ違った若い夫婦が、こちらを見て首を傾げる。

フィリーネは彼らに会釈をすると、ふたたび布を手に掃除を続けた。


孤児院で育ったフィリーネには、物心ついたときに奇跡の力が目覚めた。

気づいた者が教会の神官に伝え、それが王に伝わり――そうして、五歳のときに王城の教会に迎えられることが決まった。それ以来、幼くして大神官の次に立派な個室を与えられ、神官たちや貴族にまで敬われながら、アレンブルグの王と民のために祈りを捧げて暮らしてきた。

フィリーネが患者を目の前にして、『治って』と強く祈れば、怪我や病が消える。

更には、祈りの力で雨を呼んだり、逆に太陽の光を招くことまでできた。

伝説によると、アレンブルグ王国には、千年以上前にも自分と同じように奇跡を起こせる聖女がいたらしい。フィリーネはその聖女の再来と言われ、国中から崇められる日々を送ってきたのだ。

その頃は、雪のように白い肌や、亜麻色の髪の美しさを褒め称えられていた。

だが、今は栄養が足りないのか、髪は艶を失い、肌もすっかりくすんでしまっている。

唯一変わらないのは、花の色を移したかのような澄んだスミレ色の目だけだ。

（……先ほどのご婦人も、わたしがあまりにぼろぼろの姿だったから、きっと驚かせてしまったわ……）

教会に祈りを捧げにやってくる熱心な信徒の中には、先ほどの女性のように、聖女だった頃の自分を知っている者がまだいる。

下女として働いていることにぎょっとされたり、まじまじと見つめられたりすることは、あまり堪えない。

けれど、先ほどの女性のように、自分のために心から祈ってくれる者に会うと、急に辛い気持ちが込み上げてきた。

本当は、救いを求めてやってきた彼らのために祈り、祝福を授けてあげたい。

──でも、それはもう不可能なことだ。

「フィリーネ様、もう少しでこちらは終わります。そうしたらすぐにそちらを手伝いますわね」

黒髪を一つに纏めた女性が明るく声をかけてきた。彼女は通路を挟んで反対側の信徒席を拭いている。

「ありがとう、ローゼ。でも、こっちももうちょっとだから大丈夫よ」

わかりました、と微笑んで、ローゼはまたてきぱきと掃除を続ける。

七歳年上のローゼは、元はフィリーネの専属の使用人だった。

だが、フィリーネは敬われる聖女の立場から転落した。何着ものドレスの手入れももう必要はないし、他の神官付きになって構わないと何度も伝えているけれど、ローゼは頑として聞かなかった。

聖女になったばかりの頃、フィリーネはローゼの母の病を治したことがあった。ローゼの母は昔から心臓が悪く、長生きはできないだろうと医師に宣告されていたらしい。ローゼは母の恩人として、フィリーネに深く感謝してくれている。

とはいえ、彼女は元々下級貴族の末娘だ。それなのにフィリーネから離れずにいるせいで、ローゼまでもが下女扱いになってしまったことが心苦しい。

『私はなにがあってもフィリーネ様から離れません』と言って、彼女は今も、仕事が終わると、地下室に移されたフィリーネの狭い部屋や少ない衣服を整え、ぱさぱさになってしまった髪をせっせと梳いてくれる。

心根が強くて優しい女性だ。

いつもローゼがそばにいてくれるから、厳しいこの暮らしもなんとか乗り越えてこられたようなものだ。

椅子を拭き終わると、今度は柱の一本ずつについている燭台を長い棒を使って取り外す。溶けた蠟を削り、燭台を磨いて戻していきながら、フィリーネの頭の中を何度も悩んだ問いがよぎった。

（……力が失くなってしまったのは、どうしてなのかしら……）

最初に異変を感じたのは、三年ほど前だった。その頃から時折、思ったように力を発揮できないことがあった。次第に、一昼夜祈っても雨は呼べなくなり、じょじょに民の怪我や病をうまく治せないことが続くようになった。

思い悩んだフィリーネは『自分にはもう奇跡を起こす力はない。修道院に行かせてほしい』と切実な思いで当時の大神官に頼んだ。けれど、王にそれを伝えたことで大神官は怒りを買い、あろうことか、偽りを告げた者として遠方の教会に送られてしまった。

力が失くなったのは事実だ、大神官を王城の教会に戻してほしいと、フィリーネは必死で訴えたけれど、王はいっさい聞く耳を持たなかった。

新たな大神官もフィリーネの言い分を聞いてはくれなかった。

『奇跡を起こせないのだとしたら、あなたに祈りの心が足りないのです』と。

——そして、とうとうその日がやってきた。戦場から運ばれてきた瀕死の兵士を目の前にして必死で祈ったけれど、フィリーネは彼の命を救うことができなかったのだ。

激怒した王は、フィリーネを一晩、塔の上の牢屋に閉じ込めた。

聖女になんということを、と青褪め、王を止めようとしてくれた心ある貴族たちは、追放されたり、理由をつけて財産を没収されたりと酷い目に遭った。

その結果、今や王の周りに残ったのは、権力におもねる欲得ずくな者だけだ。

聖女を慕う信徒たちが懇願してくれたらしく、牢屋からは間もなく解放されたものの、王はフィリーネから奇跡の力が失くなったことを理解してはくれなかった。

『聖女が臍(へそ)を曲げている。民のために力を使うことをやめた』

王はそう思い込んだのだ。

そうして、罰のために教会で働くよう命じられたのが二年前のことだ。最初は神官付きの使用人だったフィリーネが、最下級である下女にされるまではあっという間だった。

『国王陛下は酷すぎます。フィリーネ様が修道院にお入りになれば、これまでの功績で高い地位を得られるはずです』

『聖女様の美貌と功績なら、ご結婚の道だってあったでしょうに……』

信仰心の篤い貴族からは、哀れむようにそんな声がかけられることもあった。

確かに、特別な力はなくとも教会に仕える娘なら、修道女として奉仕の道に進むか、もしくは誰かから見初められて結婚し、館の女主人となることもよくあると聞いていた。

だが、王はフィリーネから力が失くなっても、城の敷地から出ることは許さず、自由を与えようとはしなかった。強欲な彼は、万が一にもフィリーネに力が蘇ったとき、数々の奇跡を起こせる力を自分以外の者のために使うことが許せないのだろう。

このまま、修道院に入ることも、王家所有の教会から離れることも許されず、一生を終えるのかもしれない――。

心が重くなり、慌ててぶるぶると頭を横に振る。

（駄目よ、希望を捨ててはいけないわ）

それは、崇められていた頃、フィリーネ自身が救いを求める人々に伝えてきた言葉だった。

フィリーネは孤児院に捨てられ、両親を知らずに育った。特別な祈りの力が目覚めるまでの間は、一度もお腹いっぱいに食べたことのない暮らしを送ってきたのだ。

一時は栄華を極め、高価なドレスや宝飾品、考え得る限りの贅沢品を貴族たちから差し出された頃もあった。けれど、常にフィリーネはすべての贈り物を丁重に断り、その代わり、教会と孤児院への寄付を頼んだ。

そもそも贅沢を望んだことなど一度もなかった。

願っていたのは、力を失くす前も今も同じだ。

——国中の誰もが飢えることなく、暖かい部屋で、安心して暮らせること。

（……今となっては、遠い夢となってしまったけれど……）

すり傷だらけの荒れた手と、あちこちを繕った下女用の服を見下ろし、小さなため息を吐いた。

どこかから啜り泣く声が聞こえて、ハッとした。

目を向けると、祭壇のそばには困り顔の神官たちが立っている。

彼らの前には、軍服を着て杖を突いた青年と、老いた両親らしき三人連れの姿がある。

「どうか大神官様にお目通りを……息子はこの通り、隣国との戦争で左足に大怪我をして、まともに歩けなくなっちまったんです。このままじゃ家の仕事を継げません」

父親は膨らんだ小袋を差し出して、神官たちに必死で訴えている。

きっとあの中身は金貨だろう。息子の治癒を願う彼らは、この教会に怪我を治せる者がいると聞きつけてやってきたようだ。

「私たちも助けたい気持ちは山々です。ただ、心苦しいことですが、もうここには怪我を治す力を持つ者はいないのですよ」

神官たちがすまなそうに説明する。

すでに諦めているのか、青年自身はうつむいたままなにも言わない。

「そんな……遠方から旅をしてきたのに」

絶望した母親の泣き声は、フィリーネの胸に突き刺さった。


──大陸の端に位置する鉱山の国、アレンブルグ王国。

その隣国で、大陸の穀倉地帯の大半を支配し、更には交易の中心地でもあるバルディーク王国。

古くは交易も盛んな友好国同士だったが、十年ほど前から国交はほぼ断絶している。

両国間を行き来できるのは、どちらかの国に血縁関係者がいる者か、薬などをやりとりする特別な商人、それから、各国を巡礼する聖職者だけだ。

それほどまでに、二か国の関係が冷え切っているのには理由があった。

両国の諍いは、アレンブルグの王フリードリヒの疑心暗鬼から始まった。

二十年ほど前、バルディーク王国の向こう側にあるイルヘン王国で新王の戴冠式が行われることになった。そこで、参列するために向かったアレンブルグの使者を乗せた馬車が事故に遭った。

不幸にも亡くなったのは、成人したばかりの王太子だった。しかも、フリードリヒの妃が命と引き換えにして産んだ、たった一人の子供だ。

北方の僻地にあるアレンブルグから他国に向かうときには、必ずバルディーク領を経由する。

当時、まだバルディークの王は男子に恵まれていなかった。

事故を受け入れられなかったフリードリヒは、愛息の死をバルディーク側の差し金だと思い込んだらしい。

フリードリヒは鼻息も荒く復讐を誓い、バルディーク王国に攻め込もうとした。だが、大国の兵の前には国境すらも破れなかったという。

それも当然で、二国間の力の差は歴然としている。峡谷に囲まれ、海を背にしたアレンブルグは、国境をバルディークとしか接していない。逆に、他国から侵略されずにきたのは、立地の上で、バルディークという大国の盾に守られてきたからだ。

逆にバルディーク王国は、周囲を列強の国に囲まれ、戦に勝つことで併合し、国土を拡大してきた。大戦を知らず、せいぜいが内乱を抑え込むだけで済んだアレンブルグ軍が敵うわけがなかった。

だが、不幸中の幸いだったのは、アレンブルグは昔、バルディーク王国の先々代の妃として王女を嫁がせていて、両国間に血縁の結びつきがあったことだ。彼女はバルディークの現王にとって祖母に当たる。バルディーク王は祖母に敬意を払ってか、もしくは遠方の小国に興味はないのか、アレンブルグに攻め入ることに積極的ではないようだった。

それでも、フリードリヒは身勝手な恨みを消せず、長年の間、国境付近での小競り合いが続いていた。

そんな中で、半年ほど前に大きな異変が起きた。

ある日、開戦の宣言が届き、バルディーク軍が攻め込んできたのだ。

やすやすと国境を突破してきた軍勢に、アレンブルグ側はあっという間に国境近くの街を二つ奪われ、更には、国境近くにあるトゥルペの砦まで占拠された。

バルディークとの国境近くの高台に立つその砦は、これまで長い間無敗の要衝だった。極めて攻め込みにくい地形に建てられ、難攻不落とされてきたからだ。

奪われてはならない砦ゆえに、兵士や武器も相当数送り込まれていたはずだ。

そこを落とされたなら、もう我が国は敗北したも同然だと皆が絶望していた。

しかし、なぜかバルディーク軍はそれ以上攻め込んではこない。どうもアレンブルグ軍となんらかの交渉をしているようだが、話し合いが難航しているらしい。

もし交渉が決裂すれば、王都を制圧されるのもそう遠くはないという不安が民の中にも高まったままだ。

先ほど両親に連れられて教会にやってきた兵士は、きっとその戦のどこかで大怪我をしたのだろう。

（……戦が長引けば長引くほど、たくさんの民の命が奪われるわ……）

そう考えただけでも、フィリーネの胸は張り裂けそうなほど苦しくなった。

勝敗はわかり切っている。

それでも、愚かな我が国の王は、負け戦を続けようとしているのだ。

──ふと、ずっと昔、この国の捕虜となった少年のことが、フィリーネの脳裏をよぎった。

アレンブルグ側がたびたび隣国側に攻撃をしかける中で、バルディークの王太子であるレオノールが密かに捕らえられたことがあったのだ。

あのとき、王は隣国の王太子を取引材料にするつもりはないようだった。隣国の王憎しのあまりか、王太子を塔に閉じ込め、食事も与えずにあろうことか飢え死にさせようとしていたのだ。

当時、まだ聖女として崇められていたフィリーネは、時折連れてこられるバルディーク兵の捕虜に対する扱いが酷いことを憂えていた。隣国の王太子だという少年が密かに連れてこられたと聞いたときは驚いたが、それまでにやってきた捕虜と同じように彼の食事の世話をした。

金髪に美しい容貌をした王太子は、まだ十代の初めくらいだったというのに、すべてを奪われて牢屋に閉じ込められても、王族としての矜持を失わずにいた。

それまでも、何人もの捕虜に食事を届けたけれど、彼は他の兵士たちのように、暴れたり、暴言を吐いたりすることは一度もなかった。

その姿は、まだ幼いフィリーネの目にも尊敬に値するものとして映った。

更に彼は一緒に捕らえられた護衛たちの身を案じていた。フィリーネが居所を捜して、護衛たちにも食事を運んだことを伝えたら、心からの感謝を伝えてくれた。

『国に戻れたら、必ず君にじゅうぶんな礼をする』

彼がそう言ったとき、薄暗い牢屋の中で、碧い目がとても綺麗だと思ったことを、今でもよく覚えている。

関わったのはほんのわずかな間だったが、王太子が誠実な人柄であることは伝わってきた。

そのせいか、フィリーネはレオノールに食事を届けることに不思議な使命感を覚えていた。

予知の力がなくてもわかったのだ。

――この人は将来、隣国の善き王になるだろうと。

だから、必ず無事に帰ってもらわねばと、ただ毎日、必死の思いで時間を作り、料理番に頼んで用意してもらった食事を持って、こっそりと塔に向かった。

だがその後、牢屋に食事を運んでいたことが王に伝わってしまい、フィリーネは自室から出ることを許されなくなった。やっと謹慎を解かれたときには、塔の牢屋から王太子はいなくなっていた。

王太子を捜していた隣国側がその行方を突き止めたのだ。

当時の両国間で交渉が進んだ結果、王太子さえ無事に返せば、これ以上軍を進めないとバルディーク側が譲歩案を出したようだ。その結果、彼が無事に隣国に返されたと聞いたときは、フィリーネも安堵で胸を撫で下ろしたものだ。

（……きっと彼は、我が国を恨んでいるわよね……）

一か月近くも捕虜の身であったことは、王太子にとって相当な屈辱だっただろう。恨まれていても仕方ない。

あのときのレオノール王太子こそが、今回の戦争の指揮官だと聞く。王太子率いるバルディーク王立軍はこれまで負け知らずで、若手の軍幹部たちも皆精鋭揃いだという噂だ。両国を出入りできる限られた聖職者から伝えられた話では、隣国に戻ったあと、軍に入った王太子は、のちに国防の指揮を任された。それからも着々と、次期国王として相応しい実績を上げているという。

――昔、非道な仕打ちをした彼の手によって、我が国の王は討たれるのかもしれない。

黙々と掃除を続けながら、諦め交じりの気持ちでフィリーネは思う。

バルディークの王は王太子を無事に取り戻すと、寛大にも最初の約束通り、それ以上この国に攻め入ることはしなかった。

その代わり、他国の大臣を同席させた上で両国間で話し合いの場を設けた。軍人でもない若い王太子を拉致するというアレンブルグ軍の外道な行為を厳しく糾弾し、高額な賠償金を科すのみに留めたのだ。

——この国を占領し、荒らし尽くすこともできたのに。

それだけでも、バルディークの国王が相当な人格者であることがわかる。

（もしかしたら、隣国に侵略されたほうが、まだ民の暮らしはましになるのかもしれないわ……）

ついそんな考えが思い浮かぶほど、今のアレンブルグは、王への絶望に満ちている。

考え事をしながら作業をしていると、ふいにコツコツという足音が近づいてきた。

（ネルケ様だわ）

その足音だけでやってきたのが大神官だと気づく。フィリーネは気を引き締めて、掃除の手を止めないようにした。

今の大神官ネルケは気弱で、王に忠実な人物だ。すべての行動が王に筒抜けになるので、神官たちも使用人も皆、彼の前では黙々と働いている。

片側の通路の燭台を磨き終わって息を吐く。ローゼはまだ途中のようだから、掃除に使った木桶の水を入れ替えたら、すぐにあちらを手伝おう。

そう考えて、しゃがんだときだった。

「――聖女よ、王がお呼びです」

聞こえてきた声に、フィリーネは顔を上げた。

祭服を着た禿頭(とくとう)のネルケが、眉を顰(ひそ)めてこちらを見下ろしている。

「あなたが呼ばれているのですよ、フィリーネ。その汚れたエプロンを替えて、急いで王の私室に向かいなさい」

フィリーネはぽかんとした。

「あ、は、はい、すぐに！」

あたふたしながら木桶と布を持つと、フィリーネは急いで立ち上がった。


(国王陛下が……いったい、なんのご用かしら……)

急いでエプロンを取り替えるために自室に戻りながら、疑問に思う。王に呼びつけられるのは何か月振りのことだろう。

だが、フィリーネにとって、それは嬉しい話ではなかった。

王から命じられるのは、常に『聖女』としての力だ。

(……決して、力を出し惜しみしているわけじゃないのに……)

どんなに祈っても、神様から授けられた祈りの力は、もう使えない。

それでも、王に呼ばれれば行かないわけにはいかない。急いで地下の狭い自室に戻ってエプロンを取り替え、髪を整える。

教会で見送っていたローゼの心配そうな顔が思い浮かぶ。

また厳しい叱責を受ける覚悟をしつつ、フィリーネは重たい気持ちで自室を出ると、王の部屋に向かった。


教会を出て、長い石造りの外通路を小走りに進み、裏口から城内に入る。扉の前に立つ警護の兵士に王に呼ばれて来たことを伝えると、中に通された。

暖炉に火が入れられた室内は、冷え切った通路とは別世界のように暖かい。

重厚で豪華な家具が据えられた部屋の奥に目を向けると、一人の男が机に向かい、書類を読んでいるのが見えた。

白髪に顎髭を蓄えたあの男が、アレンブルグの国王、フリードリヒだ。

王の背後の壁には、武器庫かと思うくらいに剣や槍、盾や甲冑などがずらりと飾られている。机の脇に立つ屈強な体つきの大男が、威圧的な目をこちらに向けた。

彼は軍の中でも特に腕の立つ親衛隊長のゲルトだ。

親衛隊の者たちは妄信的に王を崇拝し、常に離れずにその身を守っている。

「国王陛下、聖女が参りました」

「──やっと来たか」

ゲルトが声をかけると、国王はじろりとこちらを睨みつけた。

「遅くなって申し訳ありません。お呼びだと伺いました」

今日はいっそう機嫌が悪いらしいと気づき、内心の怯えを隠してフィリーネは急いで謝罪した。

机を回ってこちらにやってきた王は、ソファにどさりと腰かけると、吐き捨てるみたいにして言った。

「早急に身の回りのものを纏めて、バルディークに行け」

「え……っ?」

命令の理由が摑めずに目を瞬かせる。

「バルディーク側が休戦を申し入れてきた。場合によっては、占拠したトゥルペの砦と百人以上の捕虜を纏めて返し、更には軍を引いてもいいという」

フィリーネは頰を綻ばせた。それは、隣国側が相当に譲歩した和平交渉だからだ。

「喜ぶのはまだ早いぞ。その代わりにと、先方は一つ条件を出してきたのだ」

王の目が忌々しげにフィリーネを見据える。

「『聖女の身柄と引き換えだ』と――つまり、隣国が要求しているのは、お前の身柄だ」

「え……ええっ⁉」

――どうして、バルディーク側はせっかく落とした砦を手放してまで、娘一人の身柄を要求したりするのか。

あり得ない事態に、フィリーネは愕然としていた。

準備ができ次第すぐにでも出発しろという命令で、慌ただしくフィリーネは旅の準備を終えた。

顔見知りの料理番に頼み、こっそり作ってもらった菓子を差し入れに、生まれ育った孤児院に行って、育ての親である修道院長と馴染みの子供たちに別れを告げた。ここのところ寄付が減って苦しいという修道院長の言葉を聞いて、心ある貴族に寄付を頼む手紙を書くと約束して、孤児院をあとにした。

＊

——そうして、王に隣国行きを言い渡されてから三日後の朝。

『アレンブルグの聖女』を乗せるための馬車が教会の前につけられた。

見送りには、ローゼと教会の神官たちに城の使用人たちと、思いがけないほど多くの人々が集まってくれた。

皆がなぜか感慨深げな顔をしているのは、フィリーネが聖女の祭服を着ているからかもしれない。

隣国に向かう際、王から着るように命じられたのは、白い祭服だ。

まだ聖女の力が残っていた頃、最後に仕立ててもらったもので、上質な布を惜しみなく使い、肩の部分を膨らませた長袖が手の甲までを覆っている。下働きになってから痩せてしまったので、少し緩くなったところをローゼが丁寧に詰めてくれた。その上からマントを羽織っている。

（これを着るのは、ずいぶんと久し振りだわ……）

特別な力を失くした自分が、聖職者の服を着ることには躊躇いがあった。とはいえ、隣国側は取引として『聖女』を求めてきたのだ。まさか、繕いだらけの下女のお仕着せのままで引き渡すわけにはいかないのだろう。

「ローゼ、皆も、体に気をつけてね」

馬車に乗り込む前、不安でいっぱいの中でもフィリーネは無理に笑顔を作った。

これが最後だと思うと、悲しい顔は見せられない。

「フィリーネ様、旅の間もお気をつけて……どうぞご無事でお戻りくださいますように」

涙ぐみながら言うローゼは、旅への同行を禁じられてしまった。

「わたしのことは心配しないで。どこにいても、あなたの幸せを祈っているわ」

戻れるようなら実家に戻って構わないと伝えたけれど、ローゼは頑として聞かず『フィリーネ様のお戻りをここで待ちます』と言って教会に残ることを決めた。彼女が自分に仕えていたことで不利益を被らないよう、大神官や他の神官たち、心ある信徒たちにもよく頼んできた。今後は神官付きの使用人にしてもらえることになったから、ローゼはきっと大丈夫だ。

（二度と会えないかもしれないけれど、どうか元気でいてね……）

「聖女フィリーネよ、旅の無事を祈ります」

神官たちが神妙な顔つきで祈りを捧げてくれる。

フィリーネも一緒に祈る。目を開けたとき、教会の建物のそばに黒髪の青年の姿があるのに気づいた。

（ヨハンも来てくれたのね……）

ヨハンは城の警護の兵士だ。二歳年下の彼はフィリーネと同じ孤児院で育ち、血の繋がりはないけれど弟のようなものだった。

彼はなにか言いたげな面持ちで出発を見守っている。

「皆、ありがとう。行ってまいります」

フィリーネはヨハンからも見えるように大きく手を振る。不安な気持ちを押し隠して、笑顔で皆に別れを告げると、馬車に乗り込んだ。


想像以上にガタガタと揺れる古びた馬車の中から、フィリーネは不安な気持ちで小窓の外を眺めた。

アレンブルグの王城から国境まで馬車で一週間ほど。そこからバルディーク王国の宮殿までは、更に半月程度かかるという。

バルディークからは国境まで迎えの使者を寄越してくれるそうだ。フィリーネの身柄はそこで引き渡されるらしい。

これからどうなるのかという不安でいっぱいの中、馬車の中は重い空気が漂っている。

そっと隣に目を向けると、鈍い金髪をきっちりと一つに纏めた女性が冷ややかな空気を醸し出している。

旅に帯同させるための使用人として、王がローゼの代わりにこのハンナを寄越したのはつい昨日のことだ。身の回りのことはできるからと断ったものの、『国王陛下のご指示ですから』ときっぱり言われては拒むことはできない。

それまで一緒に行くつもりでいたローゼは深く落胆していたが、フィリーネのほうは内心でホッとした。

（ローゼだけでも教会に残ってもらうほうがいいわ……）

隣国の王太子がなんのために自分の身柄を要求したのかはまだわからない。

最悪の事態を考えると、本当は誰も連れていきたくなかった。

王からの密命が隣国側に知られれば、フィリーネはもちろん、同行の者たちも皆、無事では済まないだろう。

――つましい暮らしであっても、このまま教会で奉仕していれば、ローゼが命を取られることはないはずだから。

三日前、王に呼ばれて命じられたときのことが、フィリーネの頭の中に蘇った。


「隣国が要求しているのは、お前の身柄だ」

あの日、王から忌々しげに言われた言葉に、フィリーネは驚愕した。

もちろん、自分が奇跡を起こせる聖女であった頃なら、話は別だ。

昔の自分なら、要衝一つと交換するのに相応しい価値があったかもしれない。けれど、今は違う。

「交渉の相手には、バルディーク側の王太子が出てきた。昔、あっけなく我が軍に捕まって、しばらく塔の上の牢屋にぶち込んでいたことがあったな。覚えているか?」

覚えていないわけがない。フィリーネはあのときの悲壮な様子の綺麗な少年を思い出した。

成長したレオノール王太子は自ら軍を率い、トゥルペの砦を攻め落とした。王太子は、アレンブルグ王国の大臣との交渉の場で、『聖女を我が国に差し出すなら、これ以上軍を進めることはしない』と断言したらしい。

「そこまでして向こうが聖女を要求するとしたら、目的は奇跡の力か、もしくは復讐だろう。我が国の象徴ともいうべき存在だった『アレンブルグの聖女』を汚せば、血を流さずとも我が国を貶められるからな」

復讐、という言葉にフィリーネはぞくっとした。

十二年前、捕らえられた王太子への待遇は、酷いものだった。

彼にとってアレンブルグは、完全に憎い敵国だろう。

「もしくは、切実に奇跡の力を欲しているとすれば、王族に重い病を抱えた者がいるなど、よほど切迫した状況なのかもしれない。愉快なことだ。どうやら、バルディークにはまだ我が国の聖女の状況は伝わっていないらしいな。最初は渡すものかと思っていたが……むしろ好都合だ」

王は下卑た空気を滲ませて、なぜかにやりと笑った。

「どうせ、向こうに渡したところでお前はなんの役にも立たない。後悔したところで、トゥルペには二度と攻め込まないと調印をさせておけば、後の祭りだ」

「で、ですが、国王陛下。力がないことを明かさないままでは……」

おずおずと切り出すと、王がフィリーネの髪を一房摑んでぐいと引っ張った。

「――口答えをするな！」

「ひっ!?」

鋭い痛みに身を硬くする。

フィリーネを黙らせると、王は懐からなにかを取り出した。

「これをつけていけ」

そう言って差し出されたのは、美しい十字架の首飾りだった。

繊細な銀細工で、中央に濃い紫色の宝石がはめ込まれている。だが、この王が、役立たずの自分にこんな高価そうな贈り物をくれるわけがない。

「ただの首飾りではないぞ。この宝石を押すと針が飛び出し、猛毒の液体が出る。即効性があるから、医師を呼んだところで毒に侵された者は決して助からない」

王は口の端を上げた。

「この毒針で王太子を刺せ。年老いた国王を仕留めても仕方ない。次の王位につくはずのレオノール王太子を狙うんだ」

信じ難い命令に、フィリーネは衝撃を受けた。

王は、奇跡の力がないことを隠したまま、フィリーネを差し出すつもりな上、あろうことか、隣国の王太子を暗殺しろと命じているのだ。

「そ、そんなこと……できるわけがありません!!」

「断ることができるとでも思っているのか?」

王は薄く笑い、フィリーネの眼前に指を突きつけた。

「お前のことは監視させる。いいか、この首飾りは肌身離さず身につけているんだ。万が一にも首飾りを捨てたり、暗殺を実行せずに逃げようとでもしてみろ。教会の神官どもと孤児院の子供たち、お前に関わる者を全員纏めて火あぶりにしてやろう」

（なんて恐ろしいことを……）

信じ難い言葉に、血の気が引くのを感じた。

国王はフィリーネに近しい者たちを人質にしたのだ。

王の暴言が耳に入っていないはずはないのに、護衛も側仕えも表情すら変えない。

「儂に跪け。そして忠誠を誓え。役立たずの聖女フィリーネよ」

フィリーネは屈辱的な呼び名に唇を噛む。それでも、震える膝を突くと、アレンブルグの民が王の前で言うべきと定められている言葉を口にした。

「……すべて、我が王のために」

どんなに言いたくなくても、言わなければならない。

これまで、この言葉を拒んだ者は全員首を刎ねられた。たとえ元聖女であっても、力を失った自分も決して例外ではない。

「それでいい」

王は満足げに頷くと、フィリーネの首に十字架をかけた。そう重くはないはずの首飾りはずっしりと重く伸しかかるようだ。

「奇跡の力を失くしたお前にできることは、儂のために、最後まで忠実に働くことだけだ」

しわだらけの顔を歪めて、王はフィリーネの髪を撫でた——。


そして今、隣国に向けて出発したフィリーネの祭服の胸元には、王から渡された美しい十字架の首飾りが煌めいている。

そのことがずっと頭から離れず、気持ちが暗くなった。

（……国王陛下は、昔からあんなふうだったかしら……）

フィリーネに奇跡の力があった頃から、身勝手な命令は多かったけれど、今ほどではなかった。老いただけではなく、心のありようがどんどん醜悪さを増していっているとわかる。

暴君な王が支配する祖国の未来に、フィリーネは深い絶望を感じた。

もちろん、フィリーネには、これを使ってバルディークの王太子を暗殺するつもりなどない。そんなことをしたら自分の命がないだけではなく、アレンブルグは今度こそ隣国の軍に滅ぼされてしまうだろう。

すぐにでもどこかにやりたい気持ちでいっぱいだけれど、人質にされた皆と、彼らを火あぶりにするという恐ろしい脅し文句を思い出す。やむを得ず、こうして身につけたままでいるしかなかった。

祖国の王は、奇跡の力がもうないとやっと認めると同時に、暗殺の役目を与えてフィリーネを見捨てた。

もし、この密命を負ってきたことが隣国側にばれれば、死罪を免れることは決してないだろう。


出発した日は順調に進み、一行は日暮れ頃に王都の外れにある街に着いた。

馬車から降りると、宿屋のそばで進みを止めた一行の前後には、軍人たちの騎馬がついている。

フィリーネたちが乗る古い馬車の後ろには、光り輝く金馬車が停まっていた。

その中から降りてきたのは、髭を蓄えた小太りの男――アイヒェン大臣だ。

国境までは、王に誰よりも従順な外務大臣が同行することになった。隣国側の使者にフィリーネを引き渡し『砦を返還する』という書面に調印させるためだ。

「あんな立派な馬車に乗ってきて、強盗に襲われないといいのですけれど」

馬車から降りたハンナが小声で漏らす。ぞろぞろと従者を連れた大臣を眺めて、彼女は呆れ顔だ。

確かに、あのいかにも富豪が乗っていると言わんばかりの馬車は危険だ。護衛の軍人たちが同行してくれるとはいえ、フィリーネも少々心配になった。

その夜、アイヒェン大臣は自分には宿で一番いい部屋を要求し、フィリーネたちには小さな寝台が二つ入ればぎゅうぎゅうの部屋を用意した。

ハンナはその待遇に驚いていたけれど、孤児院育ちのフィリーネとしては、屋根のあるところで眠れるだけでもじゅうぶんだ。


「おはようございます、フィリーネ様。さあ、熱いお茶をどうぞ」

翌朝、目覚めて着替えをしたところで、先に起きてどこかに行っていたハンナがいそいそと茶を運んできてくれた。

まだかすかに湯気の立つ茶は、わざわざ厨房で淹れてきてくれたものらしい。

「宿屋の女主人が煎じたハーブのお茶だそうです」

「そうなの。ああ、とてもいい香りね」

礼を言ってありがたくカップに口をつける。美味しいわ、と言うと、ハンナは満足げだ。

昨日までは言葉少なで笑みすら見せなかった彼女は、今は別人のようににこやかだ。

昨夜、この部屋で二人きりになってから、フィリーネはハンナに小さな包みを渡した。

『これは銀貨数枚と、それから非常用の携帯食よ。万が一のために持ってきたの。もし、隣国に着いてからわたしが酷い仕打ちを受けるようなら、あなたも巻き込まれてしまうかもしれない。でも、旅の間ならどうにか逃げる隙もあるはずよ。だから、危険を感じたら、わたしに構わずにすぐ逃げてちょうだい』

そう伝えると、ハンナはなぜか急に顔を強張らせた。

そんなことは、とか、受け取れません、などともごもご言っていたけれど、なんとか受け取ってもらった。

彼女にそれを渡すと、重苦しかった心が少しだけ軽くなった。

自分が隣国に差し出されて、祖国の平和が保たれるならそれでいい。

けれど、王に命じられてついてきたハンナが、それに巻き込まれて命を落としたりしたら、あまりに哀れだ。万が一のときは、せめてハンナだけでも逃げてほしい。どこかに数日の間身を潜められれば、国に帰る方法も見つかるかもしれないから。

すると、ハンナは急に申し訳なさそうな顔になり、フィリーネに謝罪してきた。

『実は、今回の旅への同行を命じられたとき、国王陛下からは「あの娘は聖女などではなく、貴族や神官をさんざんたぶらかした悪女だ」と伝えられていたのです』

だが、最初に顔を合わせたときから、フィリーネはとても悪女には見えずに疑問に思っていた。

なにが真実かわからないまま心を開けずにいたけれど、密かに銀貨と食料を渡されたことで、王の言葉のほうが偽りであると確信したのだという。

そのとき以降、ハンナはフィリーネに心から尽くしてくれるようになった。

きっと、アイヒェン大臣が、フィリーネに馬車や宿屋の部屋も最下級のものを用意してくるのは、彼もまた王からハンナに告げたのと同じような嘘を吹き込まれているからだろう。

力を失い、王に蔑まれるようになってから、大半の貴族たちは巻き添えを恐れて、フィリーネとは目すら合わせなくなってしまったから、冷たくされることには慣れている。

だが、一緒に旅をするハンナが心を開いてくれたことは、素直に嬉しかった。

茶を飲むフィリーネに、ハンナが言った。

「ここから先に進んだ街には、温泉が湧いている場所がいくつかあるそうですわ。いろいろな効能があるので、街の人たちに人気の場所なのだとか」

「それは素敵ね」

旅をする神官から話を聞いたことはあるけれど、実際に温泉を見たことはなかった。

「これからどうなるのでしょうね。宿屋がなければ、どこかの貴族の邸宅や教会にでも泊めていただけたらいいんですけれど。万が一野宿なら、せめてそういった温泉で綺麗な湯をもらって、フィリーネ様に使っていただかなくては」

　頰に手を当ててハンナがため息を吐く。

「泊まるところがなくても、飲み水さえもらえればじゅうぶんよ。贅沢を言うなら、顔や手足を拭くための水も少し分けてもらえたらありがたいけれど」

「そんなわけにはまいりませんわ。王太子殿下にお目にかかるんですから」

　ハンナが困り顔で言う。

　話を聞くと、彼女はこれまではフリードリヒ王の側仕えだったという。

　王城で働いていただけあって、ハンナはフィリーネよりも隣国のことをよく知っている。おそらくは商人や巡礼する聖職者たちの口を伝って、両国の噂が広まるのだろう。特に豊かな大国である隣国の話には、城の使用人でなくとも皆が興味津々だ。

「国境には、バルディーク王国のレオノール王太子殿下がいらっしゃるのですよね。王太子殿下は剣技に優れている上に頭脳明晰で、軍での武勲も多く立てている方だそうですわ。冷徹な戦い振りに加えて、まったく笑わないことから『氷の王太子』と呼ばれていると聞きました」

（氷の王太子……）

　その呼び名から親しみは感じられない。おそらく、恐れとともにつけられた二つ名なのだろう。

十二年前に会ったときは、礼儀を弁えたごく普通の少年だった。もし彼が笑わなくなったのだとすると、もしかしたら捕らわれの身だったあの日々が関わっているのかもしれない。そう気づいて、フィリーネは胸が痛くなった。

ハンナが聞いた話によると、高貴な地位にある美貌のレオノールには、各国から縁談が引きも切らない。しかし、彼は『心に決めた相手がいる』と言って、二十五歳になった今もまだ独身を貫いているそうだ。大国の王子の心を射止めたのはいったいどこの姫君や令嬢なのかと、周辺国でも話題に上っているらしい。

「王太子殿下がフィリーネ様を所望されたのは、もしかしたら我が国の聖女は美しいという噂をどこかで耳にされたからかもしれませんわね」

喜々として言われて、一瞬どきっとした。どうやらハンナは、フィリーネが捕虜になったレオノール王太子と会ったことがあることを知らないようだ。

「……そんなわけはないわ。トゥルペの砦は、金貨でいえば何万枚もの価値があるというもの。きっと、隣国側には他になにか目的があるのでしょう」

フィリーネは小さく笑ってから、思わずうつむいた。目に入った手は荒れている。ローゼがせっせと手入れをしてくれても、毎日課せられる仕事でぼろぼろだ。昔ならともかく、今の自分は他の国の姫君や令嬢とは比べものにならないほどみすぼらしい姿だろう。

王太子には恨まれていて当然で、望まれるなんてあり得ない。

「で、ですが、あちらの国王陛下は人道主義な方だと評判です。もし奇跡を望まれて、願いを果たせなかったとしても、我が国の王のように酷い目に遭わされるなんてことはないはずですわ」

フィリーネにもう奇跡を起こす力はないと知っているハンナが、慌てて慰めるように言ってくれる。

「そうだといいのだけれど」

笑みを浮かべながらも、フィリーネは不安を消せずにいた。

それからは、ハンナは城で聞き及んだという周辺国の楽しい話題を教えてくれた。

夕食と湯浴みを終えると、彼女は持参した薔薇の精油を使ってフィリーネの髪や手を丁寧に手入れしてくれる。

「さあ、髪も肌も綺麗になりましたよ」

ハンナが手鏡を差し出してくる。上質なものらしく、王都で流行っているという精油はとてもいい香りで、髪にも艶が戻っているように見える。

「ありがとうハンナ」

嬉しくなってフィリーネは微笑んだ。手入れをしてもらうと、こんなときであっても、少しだけ気持ちが明るくなる。

「バルディーク王国は大陸一豊かな国ですから、貴族にでも見初められれば、我が国にいるよりずっといい暮らしが送れるはずです。フィリーネ様は元々お美しい方なのですから、国境を越えるまでの間に私が磨き上げて差し上げなくては」

ハンナは張り切っているようだ。悲壮な覚悟を決めてきた自分とは違い、彼女は楽観的で、これから向かう隣国のことを楽しそうに話す。彼女といると、フィリーネも沈んでいた気持ちがましになるのを感じた。

(落ち込んでいても仕方がないわ……すべきことをしなくちゃ)

——自分がすべきは、両国間の諍いを起こさないように行動すること。

そのためには、どうあっても王太子の暗殺を実行するわけにはいかない。

それと同時に、人質たちを守るため、王の命令に歯向かおうとしていることを悟られないようにせねばならない。

(一行の中で、わたしを監視しているのは誰なのかしら……)

おそらくは警護の兵士たちの誰かだろう。その者に悟られないように、どんなに気が重くても、この首飾りは身につけたままでいなくては。

ハンナのおかげで少し元気をもらい、フィリーネは覚悟を新たにした。

朝食を済ませると、一行は朝早いうちに宿を出発した。

ハンナは休憩ごとに茶の用意をしたり、フィリーネが寒くないように馬車の座席に毛布を敷いたりとこまやかに気遣ってくれる。そのおかげか、アイヒェン大臣側の者たちから極力話さないよう距離を置かれていても気にはならなかった。

そんな旅の状況が一変したのは、宿を出た午後のことだった。

一行は最初の街を出て、森の中の道を抜けていた。

ふいに、どこかから駆けてくる馬の足音が聞こえてきた。近づいてきたその足音が、フィリーネたちの馬車を追い抜いていく。

次の瞬間、フィリーネとハンナが乗った馬車は、馬の嘶きとともに急停車した。

「きゃあっ⁉」

壁に肩をぶつけたハンナが悲鳴を上げる。

フィリーネも危うく頭を打つところだったが、ぎりぎりで馬車の壁に手を突いて免れた。

「大丈夫、ハンナ⁉」

「ええ、どうにか……まったく、驚きましたわね」

一行の中にフィリーネたちが乗っている古い馬車がいるため、それほど速く進めないのはむしろ幸いだった。もしもっと勢いがついていたら、馬車の中で自分たちは転がって激しく壁にぶつかっていただろう。

「おいっ、なんて危険な真似をするんだよ‼」

誰かが怒鳴り声を上げた。

（なにがあったのかしら……）

フィリーネは小窓からおそるおそる前方の様子を覗いてみた。

馬車の前にはアレンブルグ軍の騎馬が並んでいる。先頭の少し前に、別の軍服を着た騎馬の者が二人、立ちはだかっているのが見えた。

どうやら背後から追いかけてきた何者かが一行の前に回り込み、強引に足を止めさせたらしい。

理由がわからずに不安を感じていると、騎馬の男の一人が声を上げた。

「無礼はお詫びする。失礼ながら、そちらの馬車には貴国の聖女が乗っておられるのではないか？」

堂々とした通りのいい声はフィリーネたちにも聞こえてきた。

「あら……あれは、隣国の軍服ではないかしら？」

隣に並んで一緒に小窓から外を見たハンナが、怪訝そうに囁く。

「そうみたいね……」

フィリーネも困惑した。

アレンブルグ王立軍の赤い上着の軍服を着た警護の軍人たちに対し、やってきた男たちは黒い上着に白いズボンを穿いている。よく見えないけれど、どうやら一人は金髪で、もう一人は軍帽を被っているようだ。

確かにあれは、バルディーク王立軍の軍服に見える。

「いったい何事だ！」

声を荒らげながら、背後の馬車から大臣が降りてきてずかずかと彼らに近づいた。

「私はバルディーク王国王立軍、レオノール王太子殿下にお仕えする者です。聖女様をお迎えに参りました」

軍帽を被っているほうの男が告げると、アイヒェン大臣が顔を顰めた。

「迎えがくるという話など聞いていないぞ？　我が王からは『国境で聖女の身柄を引き渡してくるように』と命じられているんだ」

「いいえ、聖女様は我々がアレンブルグの王城までお迎えに上がる約束になっていたはずです」

軍帽の男は一歩も引かずに続けた。

「昨日、レオノール王太子殿下率いる我が軍は、約束通りに貴国の城に到着しました。ですが、すでに聖女様を連れた一行が国境に向けて出発されたと聞いて驚きました。ともかく追いつかねばと、急いで先に馬を飛ばしてきたのです」

「そんな話は聞いていない」

アイヒェン大臣は苛立っている。

無理もない、二つの国ではそれぞれ話が違っているのだから。

(王の嫌がらせだわ……)

フィリーネは諦め交じりに確信した。

おそらくは、少しでも取引相手のバルディーク側を不快にさせるための行動だ。フリードリヒ王の狭量さには呆れるばかりだった。

「ともかく、トゥルペの砦を返還するという書類に調印してもらわねばならぬ。バルディーク側の王太子自身が相手でない限り、聖女を渡すことはできない」

アイヒェン大臣は不快感をあらわにして言い張った。

「では、王太子本人であれば渡すと言うのだな?」

ふいに金髪の男が訊ねる。「もちろんだとも」とアイヒェン大臣が頷く。

「私はバルディーク王国王太子、レオノール・アレクサンダー・フォン・バルディークだ」

金髪の男の名乗りに、アイヒェン大臣が固まった。

(あの人が……)

フィリーネは小窓から目を凝らして彼の姿を見つめた。金髪の王太子は、遠目にも目を引くほど体格がいい。

「こ、これは、なんと、レオノール王太子殿下ご本人が⁉　なぜ供の者一人だけで、このようなところまでおいでになったのか」

　まるで疑うようなアイヒェン大臣の言葉に、軍帽の男が顔を顰めるのがわかった。

「まさか、お疑いなのですか？　もちろん王太子殿下は一隊を率いてこられました。すぐに残りの者たちも追いつくでしょう」

　身振りで軍帽の男に反論を止めさせると、王太子が身軽にひらりと馬を下りた。続いて軍帽の男も急いで馬から下りる。

「私自らが馬を飛ばしたのは、聖女を乗せた一行に追いつくためだ。私の愛馬が一番速いのでな」

　そう言ってから、王太子は冷ややかに訊ねた。

「ところで、貴殿はどこのどなたか？」

　そこまで言われて、アイヒェン大臣はようやく自らの無礼に気づいたらしく、顔を赤くした。

「さ、左様でしたか。まさか王太子殿下とは気づかず、ご挨拶が遅れましたことをお詫び申し上げます。お目にかかれて光栄です、私はアレンブルグ王国外務大臣であるアイヒェン侯爵です。国王陛下から聖女の移送を託されております」

　慌ててアイヒェン大臣が頭を下げる。

「どうやら、約束よりもずいぶんと早く出発されたようだな」

王太子の言葉に、アイヒェン大臣は顔を強張らせた。

「これは我が王に命じられた通りの行程です。私は約束を違えたつもりはありませんぞ」

するとふいに王太子が視線を巡らせて、眉を顰めた。

「……聖女が乗っているのは、あの金馬車か？　まさかとは思うが、あちらの粗末な馬車ではないだろうな？」

彼の目線の先には、見た目も造りもかなり差のある二台の馬車が停まっている。

じろりと眼光鋭く見据えられ、大臣は言葉が出なくなったようだ。彼が冷や汗をかきながら、聖女がいるのは前の古い馬車だと伝えると、王太子がアイヒェン大臣を見据えた。

「貴国の聖女は、私が要衝の砦と引き換えにと要求した方だ。なぜ、あのようなみすぼらしい馬車に乗せた？」

「それは、その……」

「大臣、おわかりか？　これは我が国を侮辱するも同然の行為だ。まだ調印はなされていない。このような無礼な行動、場合によっては今回の取引はなしになることも――」

厳しい口調で追及され、アイヒェン大臣の顔色はもはや真っ青だ。

「お、おやめください!!　すぐに聖女と私の馬車を交換します！」

「大臣どのは話のわかる方のようだ」

腕組みをした王太子がそう言ったとき、遠くから地響きが聞こえてきた。

ハンナと顔を見合わせているうち、それが馬の足音だと気づく。

最初に数人の騎馬の者たちがフィリーネたちの馬車の横を通り過ぎた。更に背後からも足音は続いてくる。その足音は、フィリーネたちを追い越さずに止まった。どうやら騎馬の人々は、フィリーネたち一行の前後を挟んで止まったようだ。

物音の様子からして、どうやら王太子が率いる一行は、アレンブルグ側の一行よりもずっと人数が多いらしい。

「バルディーク王立軍のご一行が着いたようですわね」

小窓に張りついたハンナが、興奮を抑えるようにして囁く。

「ええ、そうみたい……」

呆然と言いながら、フィリーネも小窓の外を見つめた。

アイヒェン大臣とレオノール王太子の前に、遅れて到着した一行の先頭にいた馬が進み出る。少し長めの銀髪を項(うなじ)のところで結んだその男が、ひらりと馬から下りた。

「オットー、ご苦労だったな」

王太子が声をかけると、「殿下、遅くなりました」と銀髪の男が頭を下げる。オットーと呼ばれた彼は、アイヒェン大臣に向かって告げた。

「私はバルディーク王立軍大将、オットー・ラヴェンデル伯爵と申します」

アイヒェン大臣がまごまごしながら挨拶をするのを受けてから、オットーが王太子に訊ねた。

「王太子殿下、ときに聖女様はどちらに?」

「あの古い木馬車だそうだ。だが、大臣どのはあれに乗って帰られるそうだから、聖女には馬車を移ってもらわなくてはならない」

王太子がフィリーネたちの乗る馬車を指差す。オットーも顔を顰めた。

「承知しました。では、さっそくこの場で聖女を我が国側にお渡しいただきましょう」

てきぱきとオットーはその場を取り仕切り始めた。バルディーク側の従者らしき二人が馬から下りてきて、フィリーネたちの馬車から荷物を丁重に下ろしてくれる。

「私たちも移動したほうがよさそうですわね」

「え、ええ」

ハンナに言われてフィリーネが馬車を降りようとすると、開いた扉の向こう側に誰かが近づいてきた。

驚いたことに、それはレオノール王太子その人だった。

ようやく近くで金髪の男の姿を見たとき、フィリーネはかすかな既視感に息を呑んだ。

昔は監禁生活でくすんでいた金髪が、今は艶やかに煌めいている。一瞬ぞくっとするほど美しく彫りの深い顔立ちの中、その瞳の色が思い出を蘇らせる。

フィリーネの中で、捕らわれていたときのまだ幼さの残る少年の記憶が、現在の姿で上書きされた。

（レオノール様……）

立派な青年に成長した彼の姿を見て、えも言われぬ感情が胸に込み上げてきた。

喜んでいる場合ではないことはわかっている。けれど、彼が無事に生き延びて、こうして立派な大人になった姿を見られたことは、純粋に嬉しかった。

黒い軍服の上着は後ろ身頃が長く、他の兵士たちにはない肩章もついている。腰に携えた剣も見事な造りだ。白いズボンと黒いブーツが長い足を引き立てている。

王太子が、開いた扉の向こうからスッと手を差し伸べてきた。

「聖女よ、こちらへ」

低い声で促される。おそるおそる見つめて、澄んだ碧い目と視線がぶつかると、やはり、どこか昔の面影があった。

懐かしさに目を細めるけれど、王太子のほうはにこりともしない。それどころか、その表情はどこか冷ややかにさえ見える。無事な姿で再会できて、一瞬嬉しさを感じた自分の呑気さを叱咤した。

「あ、ありがとうございます」

おずおずと彼に手を預け、古びた馬車を降りる。大きな手は、フィリーネの手を大事なもののようにそっと握る。

地上に降りると、素早く手は離れた。

続いてハンナも従者の手を借りて降りてくる。

大臣とフィリーネたちの荷物の入れ替えが済むと、オットーが朗らかに言った。

「これで、確かにアレンブルグの聖女はバルディーク王国側に引き渡されました。すぐに知らせを送りますから、トゥルペの砦から間もなく我が軍は引き揚げるでしょう。さあ、この合意書を持ってあなたは国王のもとにお帰りください」

自らの金馬車を奪われて、古い馬車に押し込められたアイヒェン大臣は、調印した書面を渡されて、すごすごと去っていく。

あの馬車に乗ったアイヒェン大臣が戻ったら、王はさぞかし驚くだろう。

おんぼろの馬車に乗った聖女を差し出し、王太子を馬鹿にしようとしていたアレンブルグの王の魂胆を、バルディーク側は見事に撥ねつけてしまったのだから。

鮮やかな采配に、フィリーネは呆気にとられてしまった。

ふと気づくと、王太子はどこか難しい顔でこちらをじっと見つめていた。

再会してから、彼は儀礼的な笑みでさえも見せてはくれない。

(やはり、そうよね……)

急に喜びがしぼみ、前向きになりかけていた気持ちが冷えていく。

――なぜ、彼が自分の身柄を要求したのか。

今回、自分がバルディーク王国に引き渡されれば、引き換えにトゥルペの砦と大勢の捕虜が返還される。レオノール王太子が約束を守ってくれれば、一時休戦中だった両国間の戦争は終結するはずだ。

アレンブルグを占領することなどわけないだろうに、レオノール王太子はそれよりも、聖女の身柄を要求した。

彼にとって自分は、憎き国で監禁生活に関わった者だ。屈辱を晴らすために、この場で殺されてもおかしくはない。

数歩離れたところから、はらはらした顔でハンナが見守っている。オットーは他の軍人たちとともに王太子の後ろに控えているようだ。

見据えてくるレオノール王太子の目は、昔見た覚えのある澄んだ碧色だ。

だが、昔会ったときの純真そうな瞳の色とは違い、今の彼は凍りついたような目をしている。

その強い視線が、怖くてたまらない。

(震えを止めなきゃ……)

だんだんと恐怖が湧いてきて、彼の眼光の鋭さに、フィリーネの体は小さく震え始めた。

けれど、これまで国で自分を崇めてくれた民のためにも、元聖女として恥ずかしくない態度でいなければと自分を奮い立たせる。

「私はレオノールだ」

王太子から名乗ってくれたことにハッとする。フィリーネは急いで祭服の裾を持ち上げると、高貴な者への礼をとった。

「ご挨拶が遅れました。フィリーネと申します。このたびは……お目にかかれて、光栄です」

動揺しながらも、ともかく無礼のないようにと挨拶をする。

「私のことを覚えているだろうか？」

「もちろんです、レオノール王太子殿下」

そう答えると、彼はホッとしたようで、ごくわずかに表情を緩めた。

笑みとも言えない表情だったが、その安堵を滲ませた顔に、なぜかフィリーネの胸がきゅっと締めつけられる。

――十二年前、食事を持って牢屋を訪れると、彼はいつもこんな顔をしていた。

出会ったときは彼が捕らわれの身で、今度は自分が差し出される側になった。常にどちらかが不自由な身の上なことが悲しい。

「迎えが遅くなって、すまなかった」

謝罪されて、慌てていいえと首を横に振る。少しも遅くはない。むしろ、すれ違ったのは、迎えを待たずに出発させたアレンブルグ王のせいなのだから。

彼が声を潜め気味にして訊ねてきた。

「私が送った手紙は、君の手元に届いているだろうか」

(手紙?)

王太子どころか、バルディーク王国から手紙が届いたことは一度もない。

「も、申し訳ありません、受け取った覚えはないのですが……いつ頃お送りくださったのでしょう」

「いや……届いていないなら構わない」

特に重要な内容ではなかったのか、彼はあっさりと答える。

ふいにその視線が、フィリーネが胸に下げている十字架に向けられてぎくりとした。

まさか、この十字架の秘密にもう気づかれたのではと内心で緊張していると、王太子は特にそれには言及せず、今度はフィリーネの手首のあたりをじっと見た。

装飾品の類いは胸に下げている十字架だけで、腕にはなにもはめてはいない。

ひとしきり見つめて、フィリーネを困惑させてから、彼は視線をそらして話し始めた。

「君を砦との交換条件にした無礼を詫びたい。だが、これにはやむを得ない理由があったんだ」

いったいどういうことなのかとフィリーネが疑問に思っていると、王太子は続けた。

「私は決して君に危害を加えたり、捕虜のような扱いをするつもりはない。ただ、私は……昔、苦境を救ってくれたことへの恩返しがしたいだけだ」

「え……」

「あのときは、君が食事を運んでくれて本当に助かった。君は王の意に背いてまで、毎日あの塔を上ってきてくれた。しかも、私の護衛たちのところにも食事を届けてくれた。そのおかげで我々は生きて国に帰れたんだ。当時はちゃんと礼を言う余裕がなかったが、改めて礼を伝えたい」

彼は真剣な眼差しでフィリーネを見つめてくる。表情があまり変わらず、冷ややかに見える目には、今は別の色が浮かんでいる。

「十二年前の君の勇気と親切に、深く感謝する」

彼は驚いたことに、ゆっくりとその場に片方の膝を突いた。オットーや、距離を置いて立つ彼の隊の者たちも皆、次々と膝を突くと、胸に手を当てる。

まさか、あのときのことを彼がこんなにも重く胸に刻み、真摯に礼を言ってくれるとは。思いがけない出来事に、感激でじわじわと胸が熱くなっていく。

ハッとして、フィリーネは慌てて口を開いた。

「牢屋に食事を運ぶのは、当然のことです。王の行動を詫びこそすれ、恩を返していただくようなことではありません」

するとˋ王太子はかすかに眉を顰めた。

「だが、我々は君がいなければ、おそらく餓死か、その寸前までいっていただろう。我が国に対しては、『食事は与えたが、本人が拒んだのだ』と言い張られれば終わりだからな」

フィリーネの手を取り、碧い目でこちらを見上げながら、王太子は感慨深げに告げた。

「感謝してもし切れない……君は、私の命の恩人だ」

（恩人……!?）

思いもしなかった彼からの言葉に、フィリーネは息を呑んだ。

「改めて、あのときの約束を果たし、君に礼がしたい。両国の関係が膠着していたため、長い間会いに行くことが叶わなかったが、やっとこうして再会できた。我が国に戻ったらどのような願いでも叶えたいと思っている」

フィリーネはまだ彼の本意が摑めずに混乱していた。悲壮な覚悟をしてきたけれど、確かに王太子や彼の側近、バルディーク側の兵士たちからは敵意を感じなかった。

「で、では……トゥルペの砦と引き換えに、とわたしを要求なさったのは……」

一瞬だけ、躊躇うように視線を彷徨わせてから、王太子ははっきりと頷いた。

「ああ、あのときの礼をするためだ。少々強引な方法になってしまったのは、真の目的を伝えれば、君が逆に我が国への盾にされてその身が危うくなるかもしれない。だから、ただ取引として、君をこちらに寄越すようにと要求するしかなかった」

──彼の目的は、聖女の力ではない。

そして、過去のアレンブルグへの恨みを晴らすためでもない──。

王太子の言葉で、奇跡の力を失い、なんの役にも立てないのにという不安も、または憎悪を向けられるかもしれないという悲壮な覚悟も、不要だったと気づく。

安堵のあまり、フィリーネの体から力が抜けそうになった。

フィリーネの手を握って支えたまま、ゆっくりと立ち上がった王太子は、手短に説明した。

「我が国の王都までは、ここから一か月足らずの距離だ。極力辛いことのないように気を配るが、君はこのような長旅は初めてだろう？　なにかあれば、進みを緩めたり、宿での滞在を延ばしたりすることもできるから、いつでも言ってほしい」

驚きの連続の中、王太子に手を引かれて馬車のほうに導かれる。だが、それはなぜか大臣の金馬車ではなく、バルディークからやってきた馬車のほうだった。

「あの、大臣の馬車は……」

「オットーが大臣の馬車を奪ったのは、君を乗せるためではない。自分は高価な馬車に乗り、聖女を古い馬車に乗せてきた奴が不快だったからだ」

眉を顰めた王太子に説明されて、フィリーネはオットーを見る。「その通りです」と言って彼は微笑んだ。

王太子に促されて、おそるおそる迎えの馬車に乗り込む。

座席はクッションの利いた高級そうな布張りで、座り心地は前の馬車と比べものにならないほど素晴らしいものだ。手すりは艶やかに磨き上げられ、天井には教会もかくやというような天使たちが戯れる絵が描かれている。立派な車輪はガタつくことなどなさそうだ。

王家の紋章は彫り込まれていないけれど、明らかに最上級の馬車だとわかる。ハンナもあとから乗ってきてくれて、ホッとした。

迎えの馬車に乗せられ、ふたたび一行は進み始めた。

「まあまあ、驚きましたわね……！　隣国の王太子殿下とフィリーネ様が、まさかお知り合いだったなんて」

馬車の中で二人だけになると、話が聞こえていたらしいハンナは動揺が隠し切れない様子で、自らの頬を両手で包んだ。ただ彼が人質になったときに食事の世話をしただけだと説明すると、彼女は納得したようだ。

「でも、よかったですこと、王太子殿下はフィリーネ様のことを賓客としてもてなしてくださるおつもりのようですし、安心しましたわ」

「そうね……」

まだとてもこの状況は受け止められない。今のフィリーネには、ハンナが頬を赤らめてあれこれ言ってくるのに頷くのがせいいっぱいだった。

日暮れ間際に、フィリーネたちを迎えた王太子率いる一行は、次の街に着いた。

馬車が停まったのは建物が並ぶ通りの中で、目の前には一際大きな建物が立っている。

またわざわざ王太子自身がやってきて、フィリーネの手を取ると馬車から降ろしてくれた。

「聖女を宿屋までお連れする。荷物を運ばせろ」

王太子は馬車の前に立っていた軍人に命じると、ゆっくり歩き始める。

背の高い彼にエスコートされておずおずと歩きながら、フィリーネはハッとした。

「あ、あの、一緒に来たハンナという使用人がいるのですが」

「大丈夫だ、続き部屋がある」と言って、王太子がそばの軍人に指示する。どうやらハンナもちゃんと案内してもらえるようだと安堵の息を吐いた。

立派な建物の入口では、平身低頭の宿屋の主人と使用人たちの出迎えを受ける。軍人たちを従えて中に入ると、王太子は背後にいたオットーに指示を出す。

「明日の朝の出発時間まで、各自休憩を取るように」

「承知しました」

オットーが離れていき、王太子は通路を進んでいく。彼の警護なのか、後ろを二人の軍人がついてくる。

素早く前に回った軍人の一人が扉を開ける。

「――さあ、この部屋だ」

王太子に導かれて中に入ると、室内には高級そうな調度品が揃えられていた。

壁には大判の絵画がかけられ、テーブルの上には洒落た花が生けられた花瓶がある。柔らかそうなソファは座り心地が良さそうだ。寝台が見当たらないので、贅沢にも寝室は別の部屋になっているらしい。

「間もなく君の使用人も続き部屋に着くだろう。荷物もそう待たずに届けられるはずだ。他に足りないものがあればなんでも用意させる」

「お、お気遣いを、ありがとうございます」

しどろもどろになりながら礼を言うと、彼は頷いた。

「ともかく今日はゆっくり休んで、旅の疲れを癒やしてほしい」

王太子が身を屈めてくる。彼は馬車を降りるときから握ったままだったフィリーネの手を持ち上げると、甲に恭しく口付けた。

（え……っ⁉）

「……今日の再会を、神に感謝する」

感慨深く呟いてから、彼は一度きゅっと手を握ってくる。フィリーネは心臓が口から飛び出しそうになった。

「あ、あの」

フィリーネがそれ以上なにか言う前に、彼は慌てたみたいに素早く身を翻し、部屋を出ていった。

その背中を見送りながら、呆然とする。

手にはまだ、彼の大きな掌の感触が残っている。顔が熱くて、心臓がどきどきしている。

――本当に、彼には過去の復讐をする気はないようだ。

フィリーネに今確信できたのは、それだけだった。

王立軍の精鋭たちを集めて隊を率い、王太子レオノールは隣国アレンブルグ王国領に入った。

＊

王城に到着すると、知らせを受けた王の側近だという男が慌てて出てきた。

側近は冷や汗をかきながら告げた。

『聖女はバルディーク王国との交換交渉のため、すでに国境に向けて出発されました』

――と。

アレンブルグの国王があえて約束を違え、こちらを苛立たせようとしていることはすぐにわかった。

これほど我が国が譲歩した取引に際してまでも、アレンブルグ側はこの態度だ。

（フリードリヒの横柄で不快なやり方には、反吐が出るな……）

不快感を覚えないわけはない。だが、ここで揉めることは得策ではないと、国王に厳重な抗議を伝えるように告げた上で、ともかく馬首を返す。途中で日が暮れ、レオノールはやむなくじりじりと夜明けを待った。

朝日が昇るとともに、レオノールは動き出した。

『聖女の一行は私が追う。隊はオットーに任せる。無理のない速度であとに続くように』

隊の者に告げて、オットーにあとを託すと、レオノールは従者一人を連れて愛馬を駆った。

近衛兵一隊と荷馬車が二台、そして聖女を迎えるために引いてきた王家の馬車もあるので、全員一緒では速度が出せないからだ。

レオノールの目的は、貧しい隣国を得ることではない。

聖女を救うことだ。

苛立ちを押し隠して、レオノールは少しでもと馬を急がせた。

この国の王都手前まではすでにバルディーク側が制圧し、連隊が駐留している。

だが、今回の交換交渉がうまくいけば、それらもすべて引き揚げる予定だ。

アレンブルグの王都に着くまでの間、レオノールは通った街々で、それぞれもっとも立派な宿屋をしばらく貸し切りにさせてきた。強引に占領するつもりはないことを伝え、料金の数倍の金貨を纏めて先払いすると、どの宿屋の主人も大喜びしていた。

たとえ宿に泊まれる状況にあったとしても、本来なら軍人の寝泊まりは天幕でするものだ。

それなのに今回、宿を押さえさせたのは、野宿をさせたくない大切な人を迎えるためだった。

――この一年ほどのアレンブルグとの戦の最中も、レオノールの心の大半を占めていたのは、薄暗い塔の中で微笑みを向けてくれた、あの聖女のことだけだった。

（……正直なところ、国王フリードリヒには並々ならぬ恨みがあるからな……）

子供の頃に捕虜にされたことは、もちろん忘れてはいない。

更に、今回の戦の際、自国軍が有利な戦況でありながら、レオノールはこちらから休戦交渉を申し出た。それなのに、要求した聖女との面会を、フリードリヒ王は様々な理由をつけてすべて退けたのだ。

これまでさんざん煮え湯を飲まされたことが思い出されて、頭を振って気持ちを切り替える。

ようやくフィリーネに会えるのだと思うと、落ち着かない気持ちになる。

湧き上がる喜びと同時に、一抹の不安がレオノールの胸に込み上げてきた。

（……彼女は、私のことを覚えているだろうか……）

十二年前、捕虜から解放されたあとも、レオノールはずっと聖女のことを忘れずにいた。

国に帰還したレオノールは、すぐさま叔父マクシミリアンの罪を暴いた。

王位を狙い、王太子暗殺を目論んだことで、叔父は位と資産をはく奪され、平民の身に落とされてから処刑された。

あのときは、若いとはいえレオノール自身にも隙があったと、父である王から厳しい叱責を受けた。幸い、廃太子になることだけは避けられたけれど、レオノールは数か月の間、外出を禁じられた。大臣たちは罰が重すぎると王に訴えてくれたが、その間は勉強と剣技にひたすら打ち込んだ。

力がなくては隣国とやり合うことはできない。ましてや聖女を救い出すことなど、できるはずもない。

黙々と努力を重ね、騎士叙任式を終えるとすぐに王立軍に入隊したレオノールは、最初は剣技大会の勝利によって少将の地位についた。

ここ数年の間は、内乱の火種を抑え込みながら広大な国内を巡り、辺境の有力な領主たちの要求や困り事などに耳を傾けた。彼らが王家の味方であることを確かめ、軍での身分を自身の力で確立しつつ、将来王位を継ぐ者として自らの地盤を固めることにひたすら努めた。

そして王都に呼び戻されると、まっさきに国王に申し出て、アレンブルグ王国との外交を再開すべく、使者として大臣を送ったのだ。

（……まさか、隣国側が交流をまったく受け入れないどころか、大臣に大怪我をさせて帰すとはな……）

結果として今回の戦が始まったのは、バルディーク側としても予想外のことだった。だが、フリードリヒ王には豊かなバルディーク王国への激しい敵対意識があった。仲裁してくれる国もおらず、両国は遅かれ早かれこうなっていただろう。

十二年前、フリードリヒ王は、捕らえたレオノールを盾に交渉せず、隣国憎しの私怨のままに餓死させようとしていた。行方がわからなくなった王太子を捜していた祖国の軍は、国境での目撃情報から、彼がアレンブルグ側に連れ去られたことに気づいた。

激怒した父が隣国への軍の突入を予告したことで、レオノールはようやく牢屋から解放されたのだ。

別のところに捕らわれていた護衛の二人も無事で、奪われた剣と王族の証しであるブレスレットも戻ってきたことにホッとした。

国に戻る前に食事を運んでくれたあの聖女と話がしたかったが、一刻も早く帰国して、父を安心させなくてはならなかった。

そこで、レオノールは出発前に神官を呼んでもらい、聖女に渡してくれるようにと頼んでブレスレットを託したのだ。

――いつか、必ずもう一度会って、礼がしたい。

そのための約束のつもりだった。

レオノールは隣国から生還したあと、両国を行き来する限られた商人を城に呼び、定期的にフィリーネの使用人宛てに手紙を送っていた。送り主は偽名だが、読めば自分だとわかるような内容を書いて。

だが、フィリーネから返事が届くことは一度もなかった。

それどころか、隣国との関係は膠着したまま、だんだんとアレンブルグ国内の状況は悪くなっていった。天候不良による作物の不作が続いた上に、唯一の隣国であるバルディークとの国交を閉ざしているアレンブルグは飢えているようだった。それでも税は軽減されず、苦し紛れに国境を越えて逃げてくる民の数が格段に増えた。しかも身なりや栄養状態が悪化していることから、国内が困窮して様子が伝わってくるのだ。

アレンブルグにいるフィリーネは、いったいどうしているのかと、次第にレオノールの不安は高まっていた。

そして昨年のことだ。『王の怒りを買ったようで、聖女は教会で下働き同然に酷使されているようだ』という噂を商人から密かに伝えられて、レオノールはいてもたってもいられなくなった。

おそらく、フリードリヒ王の悪政と飢餓に、隣国の民の不満は相当溜まっているはずだ。放っておいても、王はいつか自滅するだろう。

だが、もう待ってはいられないと、レオノールは決意した。

隣国の民であっても、放っておけば多くの民が愚かな王のもとで犠牲となる。

そして、なによりもこのままでは、虐げられているという聖女を守ってやることができない。

王を説得して許可を得ると、レオノールは隣国に宣戦布告した。軍を動かして国境を破り、狙いをつけていた要衝の砦を落として、隣国の王に聖女についての要求を突きつけたのだ。

フィリーネがまともな王のもとで、聖女として民に傅かれ、幸せに暮らしているならそれでよかった。

だが、そうではないのなら、黙っているつもりはない。

——聖女を救って、我が国に連れ帰る。

そして、十二年前に自分を助けてくれた彼女に恩を返すのだ。

強い誓いのもとに馬を走らせる。レオノールは焦れた思いで、聖女と再会できるときを待ち侘びていた。

＊　第三章　王太子妃にはなれません　＊

「困ったわ……」

その夕刻も、立派すぎる客室を用意されてしまい、フィリーネは思わずため息を漏らした。

出発した翌日に、バルディーク王国のレオノール王太子の一行に迎え入れられたフィリーネたちは、一週間の旅ののちに、バルディーク軍に制圧された国境を越えた。

そうして隣国側に入ってから、今日で五日目になる。

その間、泊まる場所では常に、最上級の部屋がフィリーネのために用意されていた。

今日の宿屋もだ。

「あらあら、今日もまた素敵なお部屋ですこと！」

客室の設えを見て、ハンナは目を輝かせている。

美しい花柄の壁紙の室内には、ふかふかのソファと艶のあるテーブルが据えられている。

隣の寝室には立派な天蓋付きの大きな寝台が見えた。祖国の狭い地下室でフィリーネが使っていた、小さくて軋む寝台とは天と地ほどの差だ。

バルディーク王国領に足を踏み入れると、がらりと空気が変わった。祖国では、人の行き来が少ない国境付近は寂れていたが、隣国側に入ると、軍の駐屯地があり、小さいながら街も栄えている。

更に、一日王都に近づくごとに、通り過ぎる街は大きくなっていく。行き交う人々の身なりも小綺麗になり、一行は貴族の客を専門とするような、街の中でももっとも立派な宿に迎え入れられた。

——しかも、その宿の中でもずいぶんと豪華な設えで、自分にはもったいないほどの部屋ばかりを用意されている。

フィリーネが困惑するのも当然だった。

「ねえハンナ。まさかここは宿で一番いいお部屋だったりしないわよね……?」

お願いだから違うと言ってほしい。そんな気持ちでおそるおそる訊くと、荷解きを始めていたハンナが首を傾げた。

「どうでしょう？　貴賓室はだいたい一つの宿に一室ですから。ここは居間と寝室が別になっていて、最上階ですし、もしかしたら最上級のお部屋かもしれませんわね」

その言葉に、やはりと頰を手に当ててフィリーネは青褪めた。

「ですが、気後れなさることはありませんわ。こんなお部屋を用意してくださるなんて、王太子殿下は本当にフィリーネ様に深く感謝していらっしゃるようですもの」

　元気づけるようにハンナが言ってくれる。そうね、と言ってぎこちなく微笑んだけれど、動揺を消すことはできなかった。

（……ああ、どうしよう……こんな厚遇を受けるなんて……）

　──王太子の目的は、復讐か、もしくは奇跡の力のためだと思い込んでいた。

　だが、悲壮な決意でやってきてみれば、意外なことに、彼の目的はそのどちらでもなかった。

　レオノール王太子は、過去に捕虜になったときの感謝とともにフィリーネを出迎えてくれたのだ。しかも、その気持ちをかたちで表そうというのか、毎回分不相応なほどの部屋を用意され、豪華な食事を用意されてと、完全に賓客として扱われている。

　彼の目的が本当に自分への恩返しだというなら、一度は押さえた砦を無血でアレンブルグ側に返還し、多くの捕虜を傷つけないように解放してくれただけでもじゅうぶんだ。

（このまま宮殿に行くわけにはいかないわ……）

　フィリーネは内心で焦りを感じていた。

　──よりによって自分は、善意を向けてくれる王太子の暗殺を命じられてきたのだから。

　恩人扱いしてくれる彼に、恩を仇で返すにもほどがある。

　むろん、王の命令を決行することなどできるわけがない。

だが、もし自分が王から渡された毒を仕込んだこのネックレスを捨てたりすれば、国にいる教会の神官たちや孤児院の子供たちの命が危険に晒されてしまう。

不用意に失くすことができないがゆえに、外すこともできず身につけているけれど、その身で王太子のそばにいること自体がいたたまれない。八方塞がりの状態だ。

（ともかく、王太子殿下と話をしなくちゃ……）

もう恩返しはじゅうぶんだということを、彼にわかってもらいたい。

王太子自身から国に帰っていいという許しをもらえたら、暗殺できずに祖国に戻っても、自分が命令を果たせなかった罰を受けるだけで済むはずだ。

話があるから伺ってもいいか、王太子殿下に訊ねてきてほしい、とハンナに頼む。

快く頷いて部屋を出ていった彼女は、待つほどもなく、なぜか困り顔で戻ってきた。

「あの、レオノール王太子殿下がおいでになりました」

「え……、こ、こちらに⁉」

驚きのあまり、フィリーネは素っ頓狂な声を上げてしまった。

ハンナが言うには、彼女は王太子のもとを訪ね、訪問したいというフィリーネの意思を伝えた。すると、『ではこちらから行こう』とすぐに彼が腰を上げ、断ることもできずに王太子を連れて戻ってきたのだという。

驚きつつも、中に通してもらう。

「――突然来てすまない。ちょうど、私のほうも伝えたいことがあったんだ」

そう言う彼に窓際のソファを勧め、フィリーネはその向かい側に座る。

「すぐにお茶をお持ちします」

宿の使用人に茶の用意を頼むためだろう、ハンナが部屋を出ていく。

それを見送ってから、フィリーネは口を開いた。

「王太子殿下」

すぐに「レオノールと呼んでくれ」と言われる。

「で、では……失礼ながら、レオノール様」

呼び直すと、彼が頷いて「君が言いたいことはわかっている」と言った。

「『恩はもうじゅうぶん返していただきました』だろう？」

思わずホッとしてフィリーネは頬を綻ばせた。

「ええ、その通りです」

旅の間の食事はゆっくりできるようにと彼が指示をしてくれて、皆と同じ食堂ではなく、わざわざ使用人が部屋まで運んでくれている。だから、レオノールと話せるのは、宿に入る移動の際と、休憩中に彼が馬車までご機嫌伺いに来てくれたときくらいだ。そのたびごとに、必死の思いでフィリーネは頼んでいた。

『王太子殿下のお気持ちはよくわかりました。お礼でしたらもうじゅうぶんしていただきましたので、どうかもうわたしを国に帰してくださいませ』——と。

けれど、これまで彼の答えは一貫していた。

『まだなに一つ恩を返せていない』

だが、もしかしたら、王太子は今日こそ考えを変えて、自分を解放する気になってくれたのかもしれない。

フィリーネが期待の目を向けると、彼は眉根を寄せた。ゆっくりと足を組み、肘掛けに手を置く。

「もしも私が君を解放すると言ったら、そのあとはどうするつもりだ?」

「祖国の教会に戻って、これまで通り働きます」

なぜか理解できないという表情で、レオノールが秀麗な眉を顰めた。

「私は君を恩人として我が国に迎えたいと言っている。君の望みならなんでも叶えるつもりだ。それなのに、なぜ劣悪な場所に戻りたがるんだ?」

家族は?と訊かれて「おりません」と首を横に振る。

「ならば、なぜだ?」

「それは……」

フィリーネは思わず口籠もる。

「奇跡の力はもう使えないのだろう?」

思いがけないことを言われて、フィリーネは身を硬くした。

「そのせいで、王から酷い目に遭わされているという噂を聞いた。ここ何年かの間、教会で下働き同然の仕事をさせられていたのではないか」

どうやってか、隣国の王太子のところまで自分の状況は伝わっていたようだ。

だが、すでに知られているとわかると、逆に少し気が楽になった。

「わたしは孤児です。無事に大人になれても、よくて下働き、悪ければ物乞いをするか、最悪は身を売る暮らしをするしかなかったかもしれません。むしろ、特別な力のおかげでいっときは城で優遇され、贅沢な暮らしをさせてもらえたのですから、恵まれていました」

「これまでさんざん聖女の奇跡の恩恵を受けておいて、力が失くなったらその仕打ちか？神をも恐れぬ所業だな。すまないが、貴国の王はろくでなしだ」

そう言い放つと、レオノールはいっそう顔を顰めた。

「失礼いたします」

扉がノックされて、茶のセットを載せたトレーを手にハンナが戻ってきた。テーブルにカップを置くと、まだ熱い茶を注いでくれる。

「ありがとう。フィリーネとまだ話があるから、君は少し休憩していてくれ」

「承知しました」

王太子に頭を下げたハンナは、気遣うようにちらりとこちらを見てから部屋を出ていく。

彼が茶を飲むのを見て、フィリーネもいい香りのするカップに口をつける。

茶を飲みながらそっと窺うと、きっちりと着込んだレオノールの軍服には乱れ一つない。

カップを手にした所作は優雅で、高貴な生まれであることを感じさせた。

そんな彼と向き合っていると、下働きの日々で荒れた自分の手が急に恥ずかしくなった。

だがこれは、奇跡の力を失っても生きるために必死で働いてきた証しだ。決して恥じるようなことじゃないのにと、フィリーネは自分を叱咤する。

カップを置いたレオノールは、胸の前で腕組みをする。彼は片方の手を顎に当て、考え込むような素振りを見せた。

「……君にまだ伝えていなかったことがある」

「どのようなことでしょう?」

一瞬黙ってから、彼は続けた。

「私が、アレンブルグの王に聖女との面会を最初に要求したのは、半年以上も前のことだ」

(半年……?)

フィリーネは戸惑った。自分が王に隣国行きを命じられたのは、出発の数日前のことだ。

「そのずっと前……捕虜から解放されて国に戻ったあと、何度か君宛てに手紙を送った。私の名で送れば王の手の者に開封されるかもしれないと、他の者の名前を借りてだが。それでも、返事は一度もこず、どうしているのかとずっと気になって、密かに情報を集めさせていた。だが、君に再会して、これまで一通も君のもとには届いていなかったのだとわかった」

フィリーネの頭から血の気が引いた。再会したとき『手紙は届いたか』と彼から訊ねられたのは、そのことだったのか。

その手紙は、いったいどこに行ってしまったのだろう。

「も、申し訳ありません、お手紙を送ってくださっていたなんて、まったく知らなくて……」

「君のせいではない。両国の間がこういう状態なのだから、届かない可能性もあるだろうと覚悟はしていた」

慌てて謝罪すると、鷹揚に彼は許してくれた。

「ただ……私を助けたことで、君が罰を与えられたのではないかとずっと危惧していた。だから、アレンブルグの聖女が王に貶められ、不遇の身にあるようだと知ったとき、決意したんだ。君を救い出し、我が国に迎えようと」

十二年前に捕らわれの身から解放されて自国に戻ってすぐ、彼はアレンブルグで食事を運んでくれた聖女の話を国王である父に伝えた。

彼女に礼がしたいと思ったが、両国間の状況から許されることはなかった。様子を窺いながらも安易には隣国に乗り込めず、長い時間が過ぎた。

　そうして、成人したレオノールの耳に、あのときの聖女の苦境が届いたのが、一年ほど前のことだ。

　レオノールは過去の恩人の危機だと王に訴え、聖女を救い出すための戦略を練ったのだという。

　最初にアレンブルグとの国境を破ったあと、彼は隣国側に向けて、聖女との面会を要求した。

「本当はなによりもまず、君と会って状況を訊ねたかった。だが、フリードリヒ王からは『大神官の許しが出ない』や『日が悪いから改めたい』などといったのらりくらりとした答えが返ってくるばかりだった。しまいには『聖女自身が嫌がっている』という断り文句まで届いたが」

「わ、わたしは、そんなお話は聞いておりません……！」

　フィリーネは慌てて首を横に振った。

「そうだろうな。戦を回避できると知れば、君は危険を冒してでも面会に応じただろう」

　レオノールは、フリードリヒ王に向けて『聖女との面会が叶わないのであれば、王都に攻め込む』と伝えたが、それでも、王からの返答はまともなものではなかった。

　そこで、全面的に軍を進める準備を始め、もっともアレンブルグ側にとって痛手となりそうな要衝の砦を標的と決め、攻め込んだのだ。

「そして半年前、我が軍はトゥルペの砦を占領して、その場にいた兵士たちをすべて捕らえた。すぐアレンブルグ側に『トゥルペの砦と捕虜全員と引き換えに、聖女の身柄をこちらへ』という要求を伝えたが、それからもフリードリヒ王の使者との交渉はなかなか進まなかった。だが、痺れを切らしてこちらが王都に軍を進める前に、アレンブルグ軍のほうが音を上げた」

アレンブルグ軍は、元々不作で兵糧が不足していた上に、軍備もぼろぼろだった。

なんとかレオノール率いるバルディーク軍に対抗しようとしたが、それも叶わず、アレンブルグ軍の幹部が『これ以上は持ち堪えられない』とフリードリヒ王に懇願したらしい。

「それでようやく、フリードリヒ王も観念し、聖女を渡すことに同意したようだ」

話を聞いていたフィリーネは、混乱したまま必死で訴えた。

「なにも知らずに申し訳ありません。ですが、もし、もっと早くバルディーク王国との交渉の話を知っていたなら、わたしはすぐにでも貴国に向けて出発しました」

「そうだろうと思っていた。牢屋で接したときにも、君の慈悲深さはよくよく伝わってきたから。そんな君が、砦で捕らえられた自国の軍人たちを無血で解放できる方法を断るはずがない。だから、王は君に話を伝えていないということを確信したんだ」

レオノールは苦い顔で言った。

しかも、譲歩してくれた交渉の中でも、フリードリヒ王は約束を違えて、フィリーネたちを先に出発させる始末だったというわけだ。

　レオノールの気がもう少しでも短かったら、すでにバルディーク軍に王都に攻め込まれて、アレンブルグ全土が隣国のものになっていてもおかしくはなかった。

　自尊心が高く、身勝手なことは知っていたが、限度がある。民の命をなんだと思っているのだろう。

「君も知っている通り、私は昔、アレンブルグの捕虜となったことがある。それ以外にも、フリードリヒ王には重ね重ね不誠実な対応をされてきた。だが、そんな個人的な恨みは、今はどうでもいい。ともかく、今回我が軍に出した指令は、『聖女をアレンブルグ王のもとから助け出すこと』だ」

　そう言うと、王太子はゆっくりと立ち上がる。

「そして、それは成功した」

　テーブルを回ってこちらにやってくると、彼はフィリーネの前で片方の膝を突いた。

「……恩人である君を、やっと救い出せた。あの悪辣な王のもとに帰すわけにはいかない」

　彼がフィリーネの顔を見上げる。

　彫りが深くて人形のように整った美しい容貌が近づいてきて、胸の鼓動が大きく跳ねる。

　冷たい表情に見えるけれど、一緒にいると、かすかに表情が変化するのがわかるようになった。

切実な声音で訴えられ、混乱の中で、なぜかフィリーネは顔が赤くなるのを感じた。

「こちらの要求が聖女のみだということが伝われば、逆に君を隠されてしまう可能性もあった。だが、君に命の危険が迫る前にと思うと、もう待ってはいられなかったんだ」

そう言われて、フィリーネはぎくりとする。

――彼は知らないのだ。王が自分をすんなり手放したのは、王太子の暗殺を命じて送り出したからだということを。

「王の君への執着は、相当なものだ。君には、国内の貴族たちから多くの求婚が届いていたと聞くが、すべて王が退けていたようだし」

「え？」

フィリーネがぽかんとすると、「それも握り潰されて、知らずにいたのか」と彼が小さく息を吐いた。

彼の話が事実なら、隣国の王太子の要求も貴族からの求婚も、王はすべてをフィリーネに隠していたようだ。

「もし、君の望み通りアレンブルグに帰せば、おそらくもう二度と我が国に連れ出せないように厳重に隠されてしまうだろう。あるいは、私が君に執着していることから、再度、我が国との交渉の駒として扱われるかもしれないな」

「そ、そんな……」

ぞっとしたが、王は異常なほどバルディークに敵対意識を持っている。それくらいはやりかねない。

「君を盾にされたら……私にはアレンブルグを攻撃することはできない」

真摯な目でこちらを見つめて、レオノールは言った。

「フィリーネ。君をアレンブルグ王のもとに帰すことだけはできない、という理由はわかってもらえたか？」

ぎくしゃくと頷くと、安堵したみたいに彼は小さく息を吐いた。

国に戻り、王太子の暗殺はできなかったと伝え、自分だけが罰を受ける覚悟はしていた。だが改めて、自国の兵や民の命よりも自分の意地を貫く王の滅茶苦茶な行動を知らされると、ことはそれだけでは済まないかもしれないと気づく。

（命じられた通り、十字架を捨てずにいても、レオノール様を暗殺できずにのこのこと帰れば、教会と孤児院に被害が及んでしまうかもしれない……）

『全員火あぶりにしてやる』という王の脅しが蘇り、ぶるっと身震いする。

「我が国と君の国は、確かに良好とはいえない間柄だ。だが、君と私には、国同士の問題は関係ない。私はフリードリヒ王のように、君の自由を奪おうと思っているわけではない。ただ、恩義ある君の身の安全を守りたいだけなんだ」

レオノールの言葉は誠意を感じさせるものだった。

「王太子殿下のお言葉、ありがたく思います」

フィリーネがそう言うと、彼はホッとしたように表情を緩めた。

慌てて「で、ですが、レオノール様」と続ける。

「もし、祖国に戻ることができないにしても、今のような身に余る待遇を受け続けるわけにはいきません」

「賓客としてもてなされるのがそんなに嫌か」

理解できないという顔をした王太子に訊かれ、フィリーネは頷く。

「ならば、君はいったいどんな暮らしを望んでいる？」

考えた末にフィリーネは答えた。

「……こちらの国で修道院を探して、そこで働かせてもらえればと思います」

フィリーネを恩人だと言ってくれるレオノールにとって、自分の存在が弱点になり、両国間の諍いの種になるというなら、祖国には戻れない。かといって、バルディーク王国の宮殿に迎えられてしまったら、フリードリヒ王から王太子暗殺を決行しろと迫られることになるだろう。

どちらの事態をも避けるために、フィリーネが今、選ぶべき道は一つだけだ。

――唯一、レオノールが入れない場所。

つまり、修道院に入ることだ。

女性のみが入ることを許される修道院に入れば、王太子といえども面会することはできない。

ともかく今は、暗殺の密命を回避するために、なんとしてもこれ以上、自分はレオノールのそばにいるわけにはいかない。

けれど、『聖女フィリーネが隣国の修道院に入った』という話は、いつかは祖国の王にも伝わってしまうだろう。

とはいえ、フィリーネが暗殺を実行できない状況にあるとなれば、さすがに詳しい状況が判明するまで、フリードリヒ王といえども即座に人質を殺すことはしないはずだ。

レオノールと離れて、修道院で働かせてもらいながら、その後どうするか、最善策を考えよう。

考えを巡らせてから、フィリーネは言葉を選んで口を開いた。

「わたしを助けようとしてくださっただけでじゅうぶんです。これ以上、ご迷惑にはなりたくありません。どうか、修道院に行かせてください」

フィリーネがそんな願いを伝えると、困惑顔のレオノールからは「なにを言っているんだ」という答えが返ってきた。

「恩人である大切な君を、修道院などに行かせるわけにはいかない」

「ですが……」

言いかけたフィリーネは、続きの言葉を呑み込んだ。

彼はフィリーネがフリードリヒ王に人質を取られていて、暗殺を実行できなければ、人質の身が危険だとは知らずにいる。

もし彼の暗殺計画を知られて、レオノールがそれをバルディークの王に伝えてしまったら、それこそいったんは落ち着いた両国の関係は最悪なものになる。場合によってはふたたび祖国に攻め込まれ、今度こそ徹底的に滅ぼされても仕方ないのだ。

レオノールには、決してそのことを打ち明けるわけにはいかない。

それなのに、彼は秘密を抱えたままのフィリーネに誠意を尽くそうとしてくれる。

レオノールから親切にされればされるほど、首にかけた十字架が重く感じられて、フィリーネは罪悪感で押し潰されそうになった。

（どうしよう……どう言ったら、わかってもらえるのかしら……）

向かい合った二人の間にしばしの沈黙が落ちる。

ふいにレオノールが口を開いた。

「なぜ君は、そこまでして修道院に入りたがる？　我が国の宮殿で暮らすのがそんなに嫌なのか？」

彼は明らかに困惑し切っている。

「……わたしは、宮殿に迎えていただけるような身ではないのです」

怒らせてしまっただろうかと不安になったが、どうしても彼に許しをもらいたかった。

レオノールは覚悟を決めた目をして「……わかった」と言った。

「つまり君は、どうあっても、我が国で私の恩人扱いをされ、賓客としてもてなされることに強い抵抗がある——ということだな」

「そ、その通りです！」

やっとわかってもらえたのだと、フィリーネは思わず安堵で胸を撫で下ろす。

彼がじっとこちらを見つめた。

「この状況下で、我々二人の希望をどちらも叶えるための方法は、たった一つしかない」

ふいに彼がフィリーネの手をそっと取った。

「フィリーネ。私は、君に結婚を申し込む」

「……え？」

聞き間違いかと思ったけれど、彼の顔は真剣そのものだ。

「あの……今、なんとおっしゃいましたか……？」

「結婚してほしい、と言ったんだ」

レオノールは冷静に答えた。

「ともかく、婚約だけでもすれば、君は我が国にとって未来の王太子妃となる。私は婚約者である君を恩人扱いすることもない。先々正式に結婚して妻になれば、私と同室を使うのは当然のことだから、上等な部屋を用意されても賓客扱いではない。ほら、君を妻に迎えれば、すべてが丸く収まるだろう？」

（……まったく、収まっていません！）

　フィリーネは思わず、心の中で悲鳴のような声を上げた。

「君は、恩人というだけでは、この国にいる理由がないと言う。だが婚約関係になれば、私のそばにいる確固たる理由になる」

　さもいい考えだというように、レオノールは頷く。

　それはそうかもしれないけれど、そのために好きでもない相手と婚約するなんて。驚きを通り越して理解不能な彼の言い分に、フィリーネは急いで口を開いた。

「ですが、孤児のわたしを、王太子妃になんて、たとえかたちばかりの婚約であっても、あり得ないことです。そもそも、身分が違いすぎて、国王陛下であるお父上がお許しにならないのではないでしょうか？」

「問題ない。父上にはすでに話し、了承を得ている」

「えっ⁉」

　平然と言われて、フィリーネは呆気にとられた。

「非道な王のもとから救い出したあと、君の身の安全を確保するためには、求婚するのがもっとも円滑に進むだろうというのは以前から考えていたことだ。婚約者であれば、万が

一、アレンブルグの王が君を取り戻そうとしても守ってやれる。私自身がそばにいられないときは、我が軍の兵士が総力を挙げて君を警護する。父上も、私を救ってくれた君には大変感謝している。だからこの求婚にはなんの障害もない」
あっさり言うレオノールの言葉に、もはや気が遠くなりそうだ。

せめて奇跡の力があった頃なら話は別だが、なにも持たない今は、自分はただの平民でしかないのに。

「で、ですが……わたしを守ってくださるために、そこまでしていただくわけには……」

フィリーネが必死に反論の言葉を探していると、彼がふっと表情を曇らせた。

「他に、誰か好きな相手でもいるのか？」

「いいえ」

いる、と誤魔化せればよかったのだろうけれど、長く教会に仕え、神に奉仕する身であったフィリーネには、嘘を吐くことができなかった。

なぜかホッとしたように、わずかにレオノールが表情を緩める。

「では、教えてくれ。なにが問題だ？」

混乱した頭の中に、とある噂のことがよぎった。

「……バルディーク王国の王太子殿下には、心に決めた方がいる、という噂を耳にしたことがあります」

「……そんな話が、アレンブルグまで？」

彼は思いがけないほど驚いた顔になった。

つまりそれは、事実のようだ。

「そのことに関しては……まあ、安心してくれ。我々の結婚の障害にはならないから」

レオノールは、なぜかやけに言い難そうにフィリーネから目をそらす。

彼の意中のお相手は他の相手を選んだ、ということだろうか。

（もしくは、亡くなった……？）

フィリーネが戸惑った顔になったのに気づくと、彼がやや慌てたように顔を覗き込んできた。

「私が今求婚しているのは、他の誰でもなく君だ。憚る相手がいないのなら、私とのことを考えてはくれないか」

間近から真剣な眼差しで射貫かれる。

無茶を言う彼の手が頬に触れてきて、フィリーネは肩を小さく揺らした。思いのほか優しい手つきで愛おしむように撫でられて、硬い親指の腹でそっと唇をなぞられる。

くすぐったさに小さく身を竦めると、ふいにレオノールが顔を寄せてきた。

吐息が頬にかかったかと思うと、柔らかなものが唇に触れる。

あ、と思った瞬間には、項に彼の手が回り、深く口付けられていた。

「……っ、ん、ぅ……う」

熱い舌が入ってきて、フィリーネの無防備な咥内を舐め回す。舌同士を擦り合わされ、とっさに身じろぐと、背中に回ってきた腕に強く抱き寄せられた。

「う……っ、ふ……」

胸元で拳を握り締めたまま、初めての唇を情熱的に奪われる。しかも、軽く触れ合って終わりではない。硬い腕に抱き竦められ、咥内を舌で探られて、思うさま濃厚に舌を舐め回されているのだ。

（なぜ、レオノール様が、わたしに口付けを……？）

頭の中を疑問がぐるぐると回っている。

彼に求婚はされたけれど、それはフィリーネを守るため、表向きのことだ。口付けをする必要などかけらもないはずなのに。

きつく舌を搦め捕られて、ちゅくちゅくと音を立てて吸われると、じんわりと体が熱くなっていく。

唾液を捏ねるいやらしい音と、男の唇の感触、そして押しつけられた硬い胸板に、頭がぼうっとなる。

なすすべもなく、フィリーネは彼との初めての口付けに溺れた。

力が抜けて、うまく身を捩ることもできなくなってから、レオノールは濃密な口付けを

ようやく解いてくれる。

「あ……っ、はあっ、はぁ……っ」

やっと唇が離れて、必死で息を吸う。

「口付けは、初めてなのだな」

問いかけられて、フィリーネは潤んだ目で詰るように彼を見つめた。

すると、急にぐっと息を詰めて、レオノールがこちらに手を伸ばしてくる。

「参ったな……、なんて初々しいのか」

なにか呟くと、彼はフィリーネの頬を熱い手で優しく包んだ。

今度は額にキスをされて、思わず身を固くする。唇にされたときの荒々しさとは裏腹の、愛おしむような優しいキスだった。

「宮殿に戻ったらすぐ父上に報告し、民と周辺国にも知らせを送る。後日、改めて正式な婚約披露の宴を開く」

レオノールの言葉にぎょっとする。彼の求婚を受け入れるつもりなんてないのに、どんどん話が進んでしまう。

「お、お待ちください、わたしはまだ……」

とっさに彼の軍服の袖を摑むと、その手をやんわりと取られて、甲に口付けられた。

「気が早すぎるだろうか？　だが、宮殿に着くまでもう待っていられない。うかうかしていたら、君はこの手からすり抜けてどこかに逃げてしまいそうだ」

「きゃっ⁉」

立ち上がった彼に、フィリーネは軽々と抱え上げられてしまう。まっすぐに奥の部屋に連れていかれ、そこが天蓋付きの寝台であることに驚愕した。

「レオノール様……っ」

柔らかな掛け布の上にそっと下ろされると、仰向けのフィリーネの上に彼が伸しかかってきた。一回り大きな体格のレオノールにそうされると逃げようがなくて、思わず体を固くする。

「どうか怖がらないでくれ。この場で抱いたりはしない。ただ、君が私から逃げたり、誰かに奪われたりしないようにしておきたい」

そう言いながら、レオノールは胸元にかかったフィリーネの長い髪を優しくよける。彼の手が項に回り、あっと思ったときには十字架の首飾りを外されていて、血の気が引いた。

「それは」

「ああ、邪魔だから外しただけだ」

ここに置いておくから、と言って、彼が寝台の枕元に首飾りを置く。

ホッとしていると、レオノールがフィリーネの頭の脇に手を突いて身を伏せ、あらわになった首筋に唇を触れさせた。熱い唇で柔らかな肌を辿られる。初めての感触にフィリーネはどうしていいかわからず身を強張らせた。

「ん……っ」

また唇を甘く吸いながら、彼の手がフィリーネの祭服の背中を探る。

「いったい、なにをなさるおつもりなのですか……？」

口付けの合間に訊ねると、レオノールが怯えるフィリーネの目を見つめて答えた。

「言っただろう？　逃げられないようにしたい、と」

ふいに服が緩み、背中の編み上げていたリボンを解かれたのだとわかった。抱かないと言ったはずなのに、どうして、とフィリーネは激しく戸惑う。

「……君の肌は、雪のように真っ白だな。北方の教会からほとんど出ずに暮らしてきたことがよくわかる」

胸の下あたりまで祭服をずらすと、彼の手が下着に包まれたフィリーネの胸の膨らみを撫でた。両手でゆっくりと優しく揉み込むと、下着をそっと引き下ろす。

ぷるんと二つの膨らみがあらわになり、フィリーネは慌てて手でそこを覆った。

真っ白な胸の先端には淡い色の尖りがある。胸をさらけ出したこの格好をレオノールに見られるなんて、羞恥で死んでしまいそうだ。

「は、ハンナが、戻ってきてしまいます……っ」

「大丈夫だ、しばらくは戻ってこない。私が部屋に戻るまでの間、オットーに彼女の相手をするように頼んであるから」

わずかにホッとしたものの、安心している場合ではなかった。

胸を覆った手を上から撫でられ、「隠さないでくれ」と彼にせがまれる。

いたずらをするように、首筋を何度も吸われる。ちゅっ、ちゅ、と小さな音を立てられて、くすぐったさにフィリーネは身を竦める。戯れの最中、気づけばやんわりと手を摑まれてどかされてしまった。

「初々しくて、綺麗な色だ」

ふたたび晒されたフィリーネの胸の膨らみを、彼がまじまじと見つめてくる。感嘆するように言われて、顔から火が出そうになった。しかも、あろうことか、彼の大きな手が二つの膨らみをそっと包み、やんわりと揉み込んでくる。

「ひっ……や、ん……っ」

「蕩けそうに柔らかい……なのに、小さな実が私の掌を押し返してくる」

ため息交じりに言いながら、彼の指がフィリーネの乳首を優しく摘んだ。

「んんっ」

先端の敏感な部分を擦られて、くにくにと弄られ、思わず息を吞む。

両方をそうされると、背筋を甘い痺れが駆け抜けて、どうしてなのか下腹部がずきずきするほど疼いてしまう。

「あっ、や……っ、あ、う……っ」

次第に汗ばみ始めたフィリーネの首筋や頬に、何度も熱っぽい口付けを落としながら、彼は胸を弄る手を止めてはくれない。初めて人目に晒され、男の手で揉まれた二つの膨らみは、うっすらとピンク色に染まっている。淡い色だった乳首も、弄られすぎて濃い色に充血してしまった。

「……私と、婚約してくれるか？」

訊かれても頷けずにいると、彼がふたたびフィリーネの首筋に顔を埋めてきた。

熱い吐息が肌をくすぐり、ちゅっと音を立てて鎖骨の上あたりを吸われる。何度か場所を変えて唇を押しつけられ、甘い刺激にびくびくとフィリーネは肩を震わせた。

顔を上げた彼が、頬にキスをしてから耳元で囁く。

「勝手をしてすまないが、私のものだという印をつけさせてもらった」

（え？）

どういう意味かと視線を彷徨わせて、ハッとして慌てて身を起こす。

先ほど吸われたところが、くっきりと赤く染まっている。

――吸い痕をつけられた。

それは、濃厚な情事の証しにしか見えないものだ。

もしこれを見られたら、誰もが自分は王太子のものになったのだと思い込むだろう。

こんなものをつけなくても、唇を奪われ、胸を暴かれた上に、これほど淫らに弄られてしまった。他の誰かに嫁ぐことなんて、もう考えられないのに。

寝台に座り込んだまま呆然としていると、レオノールの腕の中に引き寄せられ、彼の胸に強く抱き寄せられた。

「どうか、求婚を受け入れてくれ。決して不自由はさせない。偽りや、表向きのつもりもない。バルディーク王国王太子妃として、正式に迎え入れるつもりだ」

「レオノール様、どうか、無礼をお許しくださいませ」

彼の胸元に手を突いて、抱き締める腕から身を離す。

フィリーネが拒む言葉を言いそうな気配を感じ取ったのか、彼が秀麗な眉根を寄せた。

「身を案じてくださる優しいお気遣いには、心から感謝します。わたしなどにはもったいないお話なのですが……あなたと婚約することはできません」

必死に断りの言葉を絞り出す。

レオノールの目を見ることができない。

「聖女の力を失ったわたしは、なに一つ持たない平民です。王太子殿下に相応しい方は他にいるはずです」

「……どうあっても、断るつもりか」

フィリーネは硬い顔でこくりと頷いた。

恩義を返すための婚約なんて、間違っている。

そもそも、彼には他に想い人がいるはずなのだから――。

「では、仕方あるまい」

「え……」

すると、突然膝裏と背中に手を差し込まれて体を持ち上げられ、彼の硬い腿の上に横向きに乗せられた。

彼の手が祭服越しのフィリーネの脚を撫でる。するりと衣服の裾を引き上げられて、あろうことかレオノールの手がその中に差し込まれる。

「レオノール様、だ、駄目です……っ」

慌てて止めようとしたけれど、そのときにはもう彼の手はフィリーネの腿に触れていた。

その手は怯える脚をゆっくりと撫で上げて、下腹に辿り着く。

なにをされるのかわからず身を固くしていると、今度はその指が脚の間に触れて、息を呑む。何度かそっと擦られて初めて、そこがすでにしっとりと濡れていることに気づいた。

どぎまぎしているうち、ふいに布越しに敏感な花芯に優しく触れられて、肩がびくっとなる。

「……ずいぶんと濡れているな。それに、ここが硬くなっている。口付けと、胸に触れられて、こんなに感じたのか……？」

間近からじっと目を覗き込まれて、熱っぽい囁きが耳に吹き込まれた。

婚約を拒んでいるのに、体は彼の行為に過敏に反応してしまっている。これまでは知らずにいた自らの体の淫らさをまざまざと知らされて、フィリーネは泣きたくなった。

「ご、ごめんなさい……」

「なにを謝ることがある？　私の手で君が初めての快感を覚えたのなら、これほど嬉しいことはない」

驚いたように言われて、ぽかんとなる。

おずおずとフィリーネは視線を上げた。

自分ばかりが乱れているように思えていたが、レオノールもまた、普段より目元が赤くなっている。額に汗が滲み、彼も明らかに高揚していることが見て取れる。

「レオノール様も……興奮していらっしゃるのですか……？」

思わずフィリーネは訊ねた。王太子殿下相手に無礼だと頭のどこかで自分を叱咤したが、訊かずにはいられなかったのだ。

「ああ、そうだ。酷く興奮している。こんなに昂ったことはいまだかつてないというくらいに」

彼はフィリーネの髪を撫でながら、率直に答えてくれた。

「こんなに可愛らしくて淫らな君を目にして、昂らないわけがないだろう？　本当は、すべてを脱がせて、体のすみずみまでこの目に焼きつけたい。できることなら、今すぐにでも私のものを受け入れさせたい。そうして、夜が明けるまで存分に可愛がってやりたいという衝動と必死で闘っているほどだ」

想像以上の言葉が返ってきてしまい、顔が燃えるように熱くなる。レオノールは激しく自分を求めているのだ。

訊くべきではなかったと自分の言動を悔い、フィリーネは内心で激しく狼狽えていた。

「……私との閨を想像したか？　ああ、今、じんわりとまた、ここから蜜が溢れてきた」

笑みを含んだ声で囁き、彼がまた指をゆっくりと動かす。

くちゅっという音がして、花壺の奥からとろりと蜜が溢れてくるのがわかった。濡れ切ったそこを男の指で弄られている状況に、羞恥でくらくらと眩暈がしそうだ。

戸惑うフィリーネに構わず、レオノールの指は、下着越しの敏感な花弁をまた執拗に擦ってくる。

「あっ、ひっ、んっ！」

敏感な場所を彼の指で何度も往復されて、その合間に、繰り返し感じやすい花芯をくりくりと弄られてしまう。

布越しの刺激はもどかしくて、下腹の奥のあたりがじんじんと疼いて仕方ない。

「あぅ、あ、そんな、駄目です……っ」

彼の硬い指がくにくにと花芯を擦ってくるのに、フィリーネは堪え切れず、半泣きでいやいやと訴えた。

「駄目なのか？　痛くはないだろう？　君のここは、もうぐしょぐしょだ」

「い、言わないで……」

耳に彼の唇が触れる。ねっとりと耳殻を舐められたかと思うと、耳朶を優しく甘嚙みされた。花芯を弄られながら、もういっぽうの手で乳首をきゅっと摘まれる。

体の感じるところあちこちに与えられる巧みな刺激に、びくびくっとフィリーネの体が震えた。

「……可愛いフィリーネ。私の指に、まさかこんなに感じてくれるとは……」

かすれた彼の低い囁きが肌にかかり、それだけでぞくぞくとした愉悦が込み上げてくる。

さんざん敏感なところを弄られて、初めての身には強すぎる快感に、フィリーネは息も絶え絶えになった。脚を閉じたいけれど、体に力が入らなくて、閉じることができない。

逃げようもない状態で、自分のそこがすでに滴りそうなほど蜜を溢れさせてしまっていることを思い知らされた。

熱い息を吐きながら、レオノールがまた囁きを耳に吹き込む。

「早くここに入りたい……奥まで私のかたちを教え込んで、溢れるほど子種を注いで……」

「や、あぁ……っ」

言葉でまで、淫らな想像を掻き立てられながら、もどかしい刺激を与え続けられる。彼に与えられる未知の快感に翻弄され、フィリーネはぼうっとなった。

「お願いです……、もう、ゆるして……」

これ以上されたら、おかしくなってしまう。

恐ろしくなって、必死で訴える。フィリーネは、涙に濡れた目で彼を見つめて懇願した。

すると、目の前にある彼の長い睫毛が震えた。欲情を滲ませたレオノールの目に、怖いくらいに強く射竦められる。

「ならば、言うんだ。『私と婚約する』と」

唇を指でなぞられる。言ってくれ、と繰り返し乞われる。

「そうしたら、今日はもう終わりにする」

半ば朦朧(もうろう)とした頭でフィリーネは口を開いた。

「こ……婚約、しますから……っ」

言った瞬間、顎を取られて激しく唇を奪われる。

彼の硬い腿が、脚の間を下からぐりっと擦ってくる。そして、すっかり硬くなった花芯を男の指で摘まれて、頭の中が真っ白になった。

全身に走る甘い痺れに、フィリーネはびくびくと体を震わせる。

彼がそこを弄るのをやめても、すぐには快感が引かない。興奮状態が続きすぎて、ふっ

と意識が遠くなるのを感じた。
――取り返しのつかないことを口にしてしまった。
そう気づいたのは、ふたたび意識を取り戻してからのことだった。

＊　第四章　王太子からの熱烈な求愛　＊

「さあ、これでよろしいですわ！」

フィリーネの髪にドレスと揃いの飾りをつけてから、ハンナが満足げに言った。

「本当にお綺麗です、フィリーネ様」

促されて、衣装部屋の大きな鏡の前に立つ。可憐に膨らんだ袖には、チュールと繊細なレースがあしらわれている。贅沢に布を使って仕立てられた上品なドレスだ。

「まあまあ、なんてお似合いなんでしょう！」

「スミレ色の瞳と同じ、淡い紫色のドレスがとてもよく映えますこと」

ドレスを身につけたフィリーネを、お針子たちも目を輝かせて褒め称えてくれる。

戸惑った顔をした鏡の中の自分は、まるで貴族の令嬢みたいだ。

下女のお仕着せを着て、毎日身を粉にして働いていたときとはまるで別人のようだった。

（こんな高価なドレスを着たのは、かれこれ何年振りかしら……）

聖女として崇められていたときには、高価な布を使った祭服を惜しみなく与えられていた。ひたすら祈り、儀式を行うだけで、生活の心配をする必要は一度もなかったのだ。

久し振りの新しいドレスが嬉しくないわけではない。けれど、これを着た自分の姿を見ると、いたたまれないような、複雑な気持ちになった。

(今の私には、分不相応なドレスだもの……)

それに、この贅沢なドレスの代金を孤児院に送ったら、いったい何日子供たちがお腹いっぱい食べられるだろうと思うと、切ない気持ちになる。

フィリーネは胸の内を押し隠すと、「皆ありがとう、本当に素敵なドレスね」と言って、ぎこちなく微笑んだ。


――一昨日、王太子率いる一行がバルディークの王都に入ると、フィリーネたちの目は馬車の窓から見える光景に釘付けになった。

街には立派な建物がずらりと立ち並び、石畳が敷かれた道を立派な馬車が行き交う。ここは貴族しか住んでいない街なのかと思うほど、人々の身なりは小綺麗だ。

生まれてから祖国を出たことがなく、成長してからは教会と王城の外に出ることすらも稀だったフィリーネは、その様子に衝撃を受けた。しばらく無言だったハンナも、おそらくは同じ気持ちだったのだろう。

る。
　ここでは、街を歩く民も、宿屋や店で働く者たちも、皆表情が明るく生き生きとしてい
　アレンブルグでは、平民は貧しさに耐え、貴族もまた王の横暴な圧政に苦しめられてい
た。この国と祖国はなにもかもがまったく違っていて、まるで別世界のようだ。フィリー
ネたちは、バルディーク王国の豊かさと気風にただ驚くばかりだった。
　宮殿に着くと、フィリーネたちを乗せた馬車は、そのまま広大な敷地の中にあるという
離宮へと向かった。
　離宮は巨大な建物である宮殿の南端に立つ、こぢんまりとした白亜の邸宅だった。
『君のために用意させた部屋だ。気に入るといいのだが』と言うレオノールに導かれて中
に入ると、室内は瀟洒な造りで、家具は上品だし、壁にかけられた絵画も趣味がいい。
　居間の窓から見える場所には整えられた小さな庭園があり、様々な種類の花が咲いてい
る。宮殿からは少し距離があるようだけれど、建物の中にすべてが揃っているからなんの
不自由もない。
　しかも、彼はハンナの他に二人、部屋付きの使用人としてリリーとメリッサという双子
の姉妹までつけてくれた。ブラウンの髪をお団子に纏めたまだ若い二人の顔立ちはそっく
りで、気の利く働き者だ。
　更にお針子たちがやってきたのは、今朝、フィリーネが朝食をとり終えた頃のことだっ

た。

『ドレスの仕上げをしにまいりました』と言われ、作業のための道具が入ったカゴを手にした彼女たちが入ってきた。

リリーたちに案内され、寝室の奥にある衣装部屋に連れていかれたとき、フィリーネは思わずぽかんとなった。

——そこには、色鮮やかなドレスがずらりと並んでいたからだ。

すでに仕立て上がっていて、編み上げリボンでサイズを調節できるタイプのものが何着か、その他に、サイズ調整の手前までできているものが十数着はある。

（確かに昨日、『明日は仕立屋が離宮に行くことになっている』とレオノール様から伺っていたけれど……）

そのドレスをフィリーネの体にぴったりと合わせて、お針子たちはてきぱきと最後の仕上げをしていく。その間に今度は別の使用人がやってきて、ドレスに合う靴や帽子を次々と運び込み、衣装部屋の中に並べ始めた。

「さ、どれでもお好きなものをお選びくださいませ！」

（ど、どれでも、と言われても……）

そう促されても、お洒落とは縁遠い暮らしを何年も送ってきたフィリーネには選びようもない。

おそるおそる、無難なものを一つだけ選ぶと、お針子たちが「こちらと、それからこの帽子もいりますわね」「靴はこちらではいかがでしょう？」と言って、ドレスに合うものをさくさくと選び出してくれる。お針子たちはさすがセンスが良く、髪飾りや靴など、ドレスにぴったりなものが揃っていく。

調整が済んだドレスを脱がされ、また次のドレスを着るうちに、普段着用のドレスと外出着が三着ずつ出来上がっていた。

「また明日参ります」と一礼して、お針子たちは下がっていく。

最初は顔を輝かせていたハンナも、しまいには目を白黒させていた。

されるがままの着せ替え人形になっていたフィリーネも、さすがにぐったりだ。

「フィリーネ様、お疲れでしょう。さあお茶をどうぞ」

気を利かせたメリッサが茶と茶菓子を載せた盆を運んできてくれる。

「ありがとう。あなたたちも少し休憩してね」

礼を言ってカップを手に取る。いい香りのする温かい茶を啜ると、ホッとした。

「仮縫いができているドレスは他にもまだあったみたいだけれど、最終的にいったい何着仕立てるつもりなのかしら？」

ハンナが訊ねると、メリッサは「まだまだ必要ですわ」と微笑んだ。

「これから外出着に茶会用、晩餐会用に、それから国王陛下への謁見の際のものと、たくさん仕立てなくてはなりませんので」

メリッサは当然のように言う。更に、社交界では季節ごと、流行りごとにドレスや小物も新調する必要があると聞いて、フィリーネは頭がくらくらするのを感じた。

とはいえ、自分が持参してきた服は必要最低限の枚数だった。しかも下女に身を落としてからのものばかりで、まともな服は聖女だった頃に仕立ててもらった祭服だけしかない。恥をかかないように仕度をしてくれる王太子の気遣いはありがたいものだけれど、こんなに散財させて申し訳ない気持ちにもなった。

「大国の王族の婚約者ともなると、ドレスのお仕度も一仕事ですわねぇ」

ため息を吐きながらハンナが言う。

「そうね……わたしにはもったいないことだわ」

フィリーネはそう言いながら目を伏せた。

婚約の話を強引にフィリーネに承諾させた翌日、王太子はその事実を帯同の隊の者に告げた。拍手と歓声で祝福されたフィリーネは、内心の戸惑いを押し隠して、ぎこちない笑みを浮かべるしかなかった。

しかも王太子は、宮殿に着くなり、『私はアレンブルグから連れ帰ったこのフィリーネと婚約を交わした』と、堂々と近しい使用人や従者にまで宣言してしまったのだ。

そこでも驚いた顔の従者に涙ながらに祝福されて、もはやどんな顔をしていいのかわからなかった。

（……どうしよう……このままでは、本当に婚約者として、話が進んでしまうわ……）

考え込んでいると、衣装部屋の片付けを済ませたらしく、メリッサとリリーの二人が戻ってきた。

ふと、フィリーネは地味な色のドレスにエプロンをしたハンナを見る。彼女も荷物はトランク一つだけだったし、きっと手持ちの着替えは少ないはずだ。

訊ねてみると、やはり外出着と普段着の二着だけだという。

（あんなにたくさん仕立ててもらっても、きっとすべては着られないわよね……）

――あの中から一、二着ずつ、ハンナたちにも分けてあげることはできないだろうか。

レオノールが来てくれたら訊いてみようと心に留め、フィリーネは茶を飲み干した。


「フィリーネ、変わりはなかったか？」

午後になると、レオノールがご機嫌伺いのために離宮を訪れた。

変わりないことを伝えると「それはよかった」と言って彼は口の端を上げる。軽く身を屈め、フィリーネの手を取って恭しく口付けた。

レオノールは、フィリーネが婚約を受け入れると言ってしまってから、やけに上機嫌だ。

よほど過去の恩義を返したかったらしい。大国の王太子らしく、礼儀を重んじる律儀な性格なのだろう。

今日も彼は仕事があるのか、軍服を纏い、剣帯に剣を差している。眩い金髪に精悍な男らしい姿はもう見慣れたもののはずなのに、彼に会うたびに一瞬、時間が止まったようになる。

ついその類い稀な美貌に見惚れてしまうのだ。

（仕方ないわ、だってレオノール様は、私がこれまでにお会いした中で一番美しい方だから……）

そんな状況ではないというのに浮ついた気持ちになる自分を、フィリーネは慌てて叱咤した。

離宮の庭のテーブルにハンナたちが茶菓子の支度をしてくれたので、心地いい日差しの中、フィリーネは緊張の面持ちでレオノールと向かい合わせに座る。

「あの……ドレスを用意してくださり、ありがとうございました」

身につけている新しいドレスを見下ろしながら、フィリーネはおずおずと礼を伝える。

『せっかくですから、王太子殿下をこの新しいドレスでお迎えしましょう！』とメリッサたちに強く勧められて、戸惑いながらも従うことにした。ドレスと揃いの髪飾りをつけ、薄くだがお化粧もしてくれて、これなら王太子も目を奪われるだろうと皆が褒めてくれた。

「ああ、国を出る前に、仕立屋に頼んでおいたんだ。どれか好みに合ったならよかった」

「ええ、とても素敵なドレスばかりをあんなにたくさん、お気遣いに感謝します。それに帽子や靴の用意まで……ただ、メリッサからまだまだ作る予定があると聞きましたが、ドレスはもう仕立てていただいた分でじゅうぶんです」

「そう言うな。着替えはどれだけあってもいいだろう。保管できる場所に余裕があるのだから、予備として置いておけばいい」

そう言われて、もし許しをもらえるなら、あの中から使用人たちにもどれか分けてやりたいのだがと申し出る。

「ハンナは王の命令で祖国から一緒についてきて、旅の間も尽くしてくれました。メリッサとリリーも、とてもよくしてくれています。なにか皆にお礼がしたいと思ったのですが、あいにくわたしはなにも持っていなくて……」

そう頼んでみると、一瞬、彼はかすかに目を瞠った。

だがすぐに、その驚いたような表情は消える。

「……君は、優しいな」

彼がぼそりとなにか言った。

「え？」

よく聞こえなくてフィリーネは首を傾げる。

「いや……もちろん、好きにして構わない。新たに仕立屋に頼むのも、できているドレスを与えるのも自由だ。あれらはもうすべて君のものなのだから」

懐の深い彼らしい答えをもらえて、フィリーネはホッとした。

「ありがとうございます、レオノール様。きっとハンナたちも喜びます」

心からの感謝を込めて礼を伝える。

ふと気づくと、彼はフィリーネを見つめている。

沈黙が落ちると、にわかに緊張で冷や汗が滲むのを感じた。

料理番が作ってくれたという美味しい焼き菓子と香り高い茶を味わいながら、手が震えそうだ。

（……もしかしたら、どこか、おかしいところでもあるのかしら……）

席に着いてから、彼はひたすらじっとこちらを見つめている。

――いや、その目は、『見つめる』などといった生易しいものではない。

凝視だ。

茶に手もつけず、ただまっすぐな強い眼差しで、穴の開きそうなほど射貫かれ続ける。

彼がどういう気持ちでいるのかわからなくて、フィリーネは身の置きどころがなくなるのを感じた。

（やっぱり、似合わないんだわ……）

せっかくお針子たちが丁寧に仕立てて、ハンナが髪を整えて身支度もしてくれた。けれど、こんな立派な装いは、平民出身の自分にはやはり分不相応だった。

華やかなドレスを着せてもらって、いそいそと彼を出迎えてしまったことが恥ずかしい。もっと身の程を弁えた地味なものから仕上げてもらえばよかった。

深く後悔してフィリーネがうつむくと、ふいに彼がハッとして言った。

「――すまない、無礼なほど凝視してしまったな」

おそるおそる顔を上げる。

気まずそうにティーカップを持ち上げ、一口飲んでからレオノールは続けた。

「とても綺麗だ」

「え……」

フィリーネは思わず耳を疑った。

彼は今、『綺麗だ』と言ったのだろうか。

「元々君は美しいけれど、こうして着飾った姿は初めて見たので驚いてしまった。ドレスを仕立てさせる上で、目の色と髪の色は、記憶にある限り伝えてあったんだが、成長した君がどんな容姿なのかは想像するしかなかった……君の澄んだスミレ色の瞳に同色のドレスがよく似合う。仕立屋に褒美を出しておこう」

真顔でつらつらと言ってから、レオノールはカップを置くと、ふたたびこちらに目を向けてきた。

似合わないから見ていたわけではなく、綺麗だと思ったから見つめていたのだ、と彼は言った。

確かに彼の目は、まるで美しい影像を崇めるときのような眼差しに思える。

そう気づくと、なぜかフィリーネの頬は歓喜で熱くなった。

（ば、馬鹿ね、きっと社交辞令なのに……）

慌てて自分に言い聞かせる。

彼は、希望と自信に満ち溢れていた頃のフィリーネを知っている。

あの頃は容貌も褒め称えられていたが、今は綺麗なはずがない。ローゼが手を尽くしてくれたが、下働きだった身では香油やクリームなどまともに手に入らず、ここ二年ほどは髪も肌も最低限の手入れしかしていなかった。王の怒りに触れれば、薄いスープに硬いパンという食事すらも与えられないことが当然の日々の中で、ずいぶん痩せてしまった。

彼の言葉をどう受け止めていいのかわからず、ともかく茶を飲もうとティーカップに伸ばした手は震えてしまう。

香り高い茶を一口飲むのがせいいっぱいで、すぐにカップを置いた。

「……お、お願いですから、どうか、そんなにじっと見つめないでくださいませ」

限界を感じて、顔を覆いたいような気持ちで頼む。

「君が綺麗すぎるのがいけない。どうしても、勝手に目が引き寄せられてしまうんだ」

そう言うと、彼は手を伸ばし、テーブルの上に置かれたフィリーネの手をそっと握った。

とっさに手を引こうとしたけれど、逆に大きな手にぎゅっと掴まれてしまう。

「……いつも、いろいろなご婦人にそのような戯れをおっしゃっているのですか？」

悲しくなって、思わず恨めしい気持ちで問いかける。

彼は碧い目をかすかに瞠った。

「言うわけがない」

ふっとレオノールが表情を緩める。

それからフィリーネの手を持ち上げて、指先に口付けを落とす。そのまま手を握り込んできた彼に熱を秘めた目で見つめられて、心臓の鼓動が大きく跳ねた。

「どこのどんな令嬢にも興味はない。私が気になって仕方ないのは、君だけだ」

まるで、熱烈に愛している恋人に言うような言葉だった。

その言葉はフィリーネの心にまで届いて、きゅうと切なく胸を締めつけられる。大きな彼の手にしっかりと握られたままの手が熱い。

けれど、彼にとって自分はただの恩人だ。恩義を返すために婚約を申し込まれただけの間柄なのだからと、フィリーネは必死で自分を納得させようとした。

（落ち着かないのは、レオノール様がこんなふうに見つめてくるからだわ……）

彼と関わる時間が増えてくるうちに、フィリーネは気づいた。

『氷の王太子』と呼ばれているのも納得なほど、レオノールは普段、表情を変えない。顔立ちが綺麗すぎるせいか、一見すると冷たい人に見えてしまう。

それなのに、彼はなぜかフィリーネの前でだけ、かすかに頬を緩めたり、少しだけ口の端を上げたりと、表情を変える。そして、ときにはこんなふうに、熱い目で見つめてきたりもするのだ。

フィリーネが混乱しないでいられるわけがない。

他の人と同じように扱ってほしいような、もしくは、自分に対してだけというかすかな優越感を覚えるような、そんな愚かな考えが浮かんで恥ずかしくなる。

やっと離してもらえた手を慌てて引き寄せて、きゅっと握り込む。

彼に触れられたところが、熱を移されたかのように、まだじんわりと温かかった。

「――そうだ。明日は、私の姉が宮殿に来るそうだ。君と茶をご一緒したいと言っているのだが、どうだろう?」

急にレオノールが話題を変えて、フィリーネはぎくりとした。

レオノールは二人姉弟だと聞いている。彼の姉といえば、この国の王女殿下だ。

「姉はすでに嫁いでいて、今はノイマン侯爵夫人だ。彼女はどうも弟が連れ帰ってきた女性に興味津々らしい。帰国してから何度も、『ぜひ会わせてほしい』と頼まれているんだ。

君はまだ到着して間もないから少し待つようにと伝えてあるのだが」

もちろん、誘われればフィリーネに断る理由はない。本来であれば、喜んでこちらから挨拶をさせてもらうべきだ。

だが、一つ気がかりなことがあった。

「ぜひご挨拶をさせていただきたいと思うのですが、それは、その……」

「ああ、姉にも話は伝えている。もちろん、私の婚約者としてだ」

――やはり。

当然のように言われて、おそるおそる訊ねたフィリーネは絶望した。家族に引き合わされては、彼との婚約が更に確固たるものになってしまう。

「もちろん、気が乗らなければ断ってくれて構わない。後日にも会う機会はあるだろうから」

フィリーネの表情に気づいたようで、彼がさらりと言った。

「婚約披露の宴は、近いうちに行う予定だ。結婚式についてはまず父と話し、その後、議会にかけて承認を得てから日取りを決める。おそらくは、早くても来年の春あたりになるだろう。その件も含めて、また日を改めて父上に君を会わせたいと思っている」

そうですか、とも、困ります、とも言えず、フィリーネは困り果てた。

――あの日、旅の途中の宿屋で強引にフィリーネとの婚約を了承させてから、彼はまだ考えを変えてはくれない。

悄然と思い悩んでいると、小さく笑う気配がした。

目を向けると、珍しくレオノールが笑みを浮かべていることに驚いた。

自分はとても困っているのに、それを笑う彼が少しだけ憎らしくなる。

「笑ってすまない。君は困った顔も愛らしいな」

どうにか笑いを堪えたらしいレオノールは、まだ軽く口の端を上げたままフィリーネを見つめた。

「そんなに私との婚約が嫌か？」

「あ、あなたが嫌なわけではありません。ですが……恩義のために婚約をしていただくなんて、やはり、間違っていると思うのです」

やむを得ず、正直な気持ちを吐露する。

「ならば……私を好きになってはくれないか？」

思いがけない言葉に、フィリーネは目を瞬かせた。

からかわれたのかと思ったが、彼は笑みを消し、真剣な表情を浮かべている。

「決してとっさの思いつきや、軽い気持ちで求婚したわけではない。君を妃に迎えたら、生涯大切にする。愛妾も作らない。妻は君一人だけだ」

「そ、そんな、でも……」

「父にも愛妾はいない、妃も母一人だ。私も、妻はただ一人と思って育ってきた」

驚きに固まっているフィリーネに、畳みかけるようにして彼は言った。

「十二年前に会ったきりで、再会して間もない。言葉でどう伝えたところで、君がすぐ私に心を開けなくても当然だろう。だが……これから時間はたっぷりある」

彼はフィリーネの亜麻色の髪を撫でると、一房すくい取り、その髪先にキスをした。まるで、髪までも愛しいというようなそのしぐさに、頰が熱くなるのを感じる。

「大国の王族であり、軍人でもある私には、あらゆる意味で民が穏やかに暮らせるように国を守る義務がある。現在も軍備はじゅうぶんだが、君を我が国に連れて帰れた今は、よりいっそう力を尽くして大陸の平和を維持したいと願っている。そのためにも、君がこうしてそばにいてくれることが、なによりも私の力の源になるんだ」

真摯な目でこれからのことを語る彼から、目を離すことができない。

「フィリーネ、君がまだ私との婚約を受け入れられていないことはわかる。だが、どうか少しずつでもいいから、私を知り、好ましく思えるところを見つけてくれないだろうか。何年後でもいい、いつか、私の傍らが君にとってどこよりも安心できる場所になれば、それでじゅうぶんだから」

「レオノール様……」

フィリーネはふいに涙が出そうになるのを堪えた。

——強引に婚約を承諾させた彼が、まさかそんなふうに考えていてくれたなんて。

王から残酷な密命を背負わされた身に、彼の優しさが身に染みた。

アレンブルグにいたときは、感情を殺すことでなんとか生き延びてきた。

けれど、レオノールと再会してからの目まぐるしい出来事の中で、凍らせていた心が解けていくのを感じる。

彼は昔、捕虜になった少年の頃と少しも変わっていない。懐が広く、誠実で、眩しいほどの自信に満ちている。

王族の鑑だ。

そんな彼に誠意を尽くされ、宝物のように大事に扱われて、心が動かないわけがない。

再会してからの日々、レオノールに関わるごとに、彼という人の素晴らしさを知っていく。

そのたびに、フィリーネの中にある罪悪感は増すばかりだった。

一瞬だけ、このまま本当に婚約して、レオノールの妃として正式に迎えられる自分の姿が思い浮かんだ。

——大国の王太子の寵愛を一身に受ける、夢みたいに幸せな花嫁だ。

「レオノール様、わたしは……」

フィリーネがなにか言おうとしたとき、ふいに首にかけている十字架が手に触れて、言葉が出なくなった。

（もし、彼にこの十字架の秘密を打ち明けたら……）

秘密を抱えている身で、誠実な彼と向き合っているのは、ただ苦しかった。

いっそのこと、レオノールに懺悔して、自分の罪をすべてを打ち明けてしまえたら、どんなに楽だろう。

――けれど、もしそうしたら、なにが待っているか。

穏便に砦を返還したというのに、王太子暗殺を計画されれば、恩を仇で返すも同然だ。さすがに今回は、温和なバルディークの王も目をつぶることはないだろう。

更に、隣国から暗殺計画について糾弾されれば、フリードリヒ王はフィリーネが命令を果たせず、それどころか計画を漏らしたことに気づいてしまう。非道な王は脅しの通り、孤児院の子供たちやフィリーネと関わりのあった者たちを処刑するかもしれない。

考えているうちに、どんどん気持ちが重くなっていく。

レオノールの言葉に開きかけていた心が、閉じるのを感じた。

やはり、打ち明けるわけにはいかない。

（……夢を見ては駄目よ……）

そもそも、彼は将来は大国の王となる身で、自分は異国の平民なのだ。どう考えたって釣り合いが取れないのだから、とフィリーネは必死で自分に言い聞かせる。

——もう、彼のそばから離れなければ。

「……そろそろ、部屋に戻ります」

フィリーネは無礼を承知で立ち上がると、離宮に戻ろうとした。

「もう少しだけ、付き合ってくれ」

さっと立ち上がった彼に手を摑まれた。

「どこに行かれるのですか？」

そのまま彼に手を引かれて、庭にある大きく枝を伸ばした木の陰に連れていかれる。

太い木の幹に背中をそっと押しつけられて、フィリーネはハッとした。

ここは、離宮の窓から使用人の誰かが庭を覗いたとしても、ちょうど死角になる。なにをしているかはわからないだろう。

目の前に立った彼にそっと頤（おとがい）を取られる。仰のかされて、フィリーネは動揺した。

「ここでは口付けしかしない」

「で、ですが、誰か庭に出てきたら、見られてしまうかも」

ハンナたちが茶のお代わりを気にかけ、庭園に出てきて、フィリーネたちを捜さないとも限らない。

「なにも問題はない。私たちは正式に婚約する間柄なのだから」

王族のレオノールは、使用人たちの視線など気にも留めないようだ。だが、フィリーネはそんなふうには考えられない。手でそっと彼の軍服の胸元を押し返そうとする。

「レオノール様、どうか、お許しください、ここでは……」

身を屈めたレオノールが、止めようとしたフィリーネの唇をキスで塞ぐ。

外だからか、前回のように息もつけないほどの口付けではない。甘く、何度か唇をそっと啄んだだけで、名残惜しげに彼はキスを解いた。

旅の途中の宿屋で突然求婚されたとき、初めてレオノールに口付けをされた。

キスと彼の手に与えられた過剰な刺激に、フィリーネは翌日、熱を出してしまった。大丈夫だと言ったけれど、レオノールは酷く心配して、その日は出発するのをやめて医師を呼んだ。疲労があるだけで、特に体に異常はないようだとわかっても、大事を取って丸一日、宿屋で休養させてくれた。

それから今日までの間で、キスをされたのはこれが初めてだ。

軽く触れ合っただけだというのに、唇がじんと熱くなっていて、酷く物足りない。

――まるで、このときをずっと待ち望んでいたかのようだ。

(馬鹿ね、なにを考えているの……？)

一瞬、もっとしてほしいと感じただなんて、自分はおかしい。急いで胸に湧いた謎の衝動を打ち消す。

だが、彼のほうも、甘いキスだけで終えるつもりはないようだった。

レオノールの手が伸びてきて、フィリーネのドレスの襟元のリボンをしゅるっと解く。

「あっ」

「もう薄くなってしまっただろう。そろそろまた痕をつけ直しておこう……君が、決して私のそばから逃げられないように」

なぜか切実な口調で彼は言う。

木の幹に背中が当たって、フィリーネはどこにも逃げられない。肩を抱かれ、首筋に顔を寄せてきた彼の熱い吐息が肌をくすぐった。

首から下げた十字架に触れられないかと、フィリーネは緊張する。

「……っ」

首筋に柔らかなものが触れて、軽くそこを吸い上げられる。刺激に身を竦めると同時に、ぴりっとかすかな痺れが走った。

ちゅくっと小さな音を立ててから、彼がゆっくりと顔を上げる。

自分では見えないけれど、彼の満足そうな様子を見る限り、首筋の吸い痕はしっかりと上書きされてしまったようだ。

――また所有の証しを刻まれてしまった。

熱い頬を隠したくてレオノールから顔を背ける。

「……なぜ、離宮に戻って、君の寝室でこうしなかったか、わかるか?」

わからなくて、フィリーネは首を横に振る。

彼が美麗な顔を寄せてきて、耳元で囁いた。

「途中でやめられなくなってしまうからだ」

思わぬ告白に、フィリーネは目を瞠る。

「私は常に、君に触れたいのを我慢しているから」

興奮した様子のレオノールの吐息に、体温が上がる。

耳朶に彼の唇が触れて、甘く食まれる。ねろりと熱い舌で耳殻を舐められて、フィリーネの背筋をぞくりと淡く甘美な官能が駆け上がっていく。

ふたたび、今度は背中を抱き寄せられて、深く口付けられる。

「……う、ん……っ」

軍服越しの彼の硬い胸元で、ドレスに包まれたフィリーネの胸が押し潰されるくらいに互いの体が密着している。

咥内に入り込んできた彼の舌が、フィリーネの歯の付け根や口蓋をなぞる。ねっとりと舌を絡められてきつく吸われると、彼の腕に包まれた体がびくびくと震えた。

口を吸われながら、背中に回された彼の手が、布越しのフィリーネの肌を確かめるように動く。項を支える手で愛しげに首筋を撫でられると、それだけで、淡い快感が湧いてきて腰の奥をきゅんと疼かせる。

もはやハンナたちに見られるかもという不安もどこかに吹き飛んでしまい、フィリーネは彼の濃密な口付けに溺れた。

「……このまま寝台に連れていきたい。このよく似合うドレスを脱がせて、ほっそりした君の体をすべて暴きたい。首だけではなく、体中を舐め回して、全身に私の印をつけておきたいくらいだ」

「はあ……、あ、あ……ん」

彼の囁きがフィリーネの体を蕩けさせていく。逞しい彼の体をまざまざと感じさせられているうち、ドレスの中の胸の先が痛いくらいにつんと尖るのがわかった。宿屋でされたときのように彼の硬い指先で弄ってほしいというみたいに、脚の間もしっとりと蜜で濡れてしまっている。

自分の体の淫らな反応が恥ずかしくてたまらない。

(どうか、気づかないで……)

やっと口付けを解いても、レオノールは何度も角度を変えてまたフィリーネの唇を啄んでくる。唇が充血したのだろう、じんと熱いそこを舐められ、唇を押しつけられて、ふたたび吸われる。

「ん……ん……っ」

離し難い、というように、レオノールはフィリーネを抱き締めたまま、こめかみや頬に熱っぽい口付けを落とす。

こんなことをされてはいけないのに、どうしても彼から逃げることができない。

がくがくして足に力が入らず、フィリーネがふらつきそうなのに気づくと、やっと彼は我に返った。

「すまない、口付けだけのつもりだったのに、君があまりに可愛らしいから、つい激しくしてしまった」

フィリーネは急いで身なりを整える。解かれたリボンを直そうとすると、「私が結ぼう」と言って、彼が解いたリボンをきちんと結び直してくれた。

行動は強引なのに、彼がフィリーネに触れるときの手つきは、いつも宝物に触れるかのようにこの上なく優しい。

もしも彼が『氷の王太子』のあだ名通りに冷ややかな人だったら、こんなふうに心を奪われることもなかったのに、と悩ましい気持ちになる。

「……嫌だったか？」

顔を覗き込まれて、心配そうに訊ねられて、ゆっくりと首を横に振る。

いつ見られるかわからない庭での触れ合いが恥ずかしかっただけだ。

正直なところ、彼にされることはどれも、嫌な気持ちは不思議なくらい湧かない。

（それどころか、本当は、もっとされたかったなんて……）

フィリーネは黙ったまま、不可解な自分の感情を呑み込む。

「フィリーネ、どうか私を嫌わないでくれ」

「……嫌ってなどおりません」

ホッとしたように、彼がフィリーネの頬に手をかけて、こめかみにキスをしてくる。

「痕をつけても、まだ君はどこかに行ってしまいそうで不安だ。できる限り早く公に婚約を知らしめたい」

頬や唇のそばに何度も繰り返し唇を触れさせながら、苦しげな囁きが聞こえる。

「君を名実ともに私のものにしたい」

王太子の熱を込めたキスの嵐に翻弄されていると、胸の鼓動が落ち着かない。

自然とレオノールに心が傾いていく。

（むしろ、あなたを嫌いになれる方法があれば、知りたいくらいなのに……）

フィリーネは理解できない自分自身の気持ちに戸惑っていた。


レオノールが帰っていってから、フィリーネはハンナたちにドレスのことを話した。

「衣装部屋には仕上がっている普段着用のドレスが何着かあったわよね。もしよかったら、ハンナも、それからリリーたちも、好きなドレスを一、二着選んでちょうだい」

「まあ、私たちにも⁉」

「フィリーネ様、ありがとうございます！」

リリーとメリッサはパッと目を輝かせて、跳びはねんばかりに喜んでいる。

「私は結構ですわ」

ハンナだけは戸惑った顔で断ろうとした。

「先ほど、ちゃんと王太子殿下に許可をいただいたから、遠慮しないで大丈夫よ。わたしの体は一つしかないのだし、こんなに素晴らしいドレスをたくさん用意していただいても、宝の持ち腐れになってしまうわ。せっかく仕立ててくれたお針子さんたちにも申し訳ないでしょう？」

ね？と渋るハンナを説得して、皆でまた衣装部屋に入る。

リリーたちははしゃぎながら淡い若葉色と、ひまわりみたいな色のドレスをそれぞれ選び出す。着てみるとぴったりで、二人によく似合った。まごまごして選びかねているハンナには、彼女の髪色に合う落ち着いた色のドレスを皆で選び出した。

「まさか、私にまでこんな素敵なドレスを……フィリーネ様、なんとお礼を申し上げていいか」

大喜びのリリーたちを横目に、ハンナは目を潤ませている。

「王太子殿下とお針子さんたちにお礼をお伝えしておくわね。ハンナも、いつも本当にありがとう」と言ってフィリーネは微笑んだ。

リリーたちの実家は下級貴族だというから、ドレスは親が仕立ててくれるかもしれない。けれど、異国に来たハンナには、自分と同じようになにも後ろ盾がない。

離宮に用意された数々の支度に恐縮していたけれど、ハンナたちの喜ぶ顔を見られて、フィリーネも嬉しくなった。あとで、礼とともに王太子に伝えておこう。

（いつまでここにいられるか、わからないものね……）

自分は王太子妃にはなれない。正式に婚約してしまう前に、なんとかして王太子に気持ちを変えてもらわなくてはならないという身だ。

それまでの間にできることがあるなら、ハンナたちに少しでもなにかしてあげたかった。


夜がきて、ハンナの手伝いを断り、フィリーネは一人で湯浴みをした。

服を脱いでレオノールが残した吸い痕が鏡に映ると、羞恥で顔が赤くなる。それと同時に、なぜか不可解な状況に惑わされた。

痕をつけてきたときの彼の熱を秘めた目の色や、独占欲を感じさせる言葉を思い出すと、胸が高鳴るだけではなく——体が熱くなってしまうのだ。

いつしか自分は、王太子に必要以上の好意を抱き始めている。

——彼には、自分以外に、すでに心に決めた人がいるというのに。

（まさか、レオノール様に惹かれてしまうなんて……）

浮ついた感情を抱いている場合ではない、と自分を叱咤する。

それなのに、少し気を抜くと、彼に心を捧げられたのはどんなに素晴らしい人なのだろうという考えがぐるぐると頭の中を回る。

誠実な彼がそれでもフィリーネと婚約しようというのだから、きっと結ばれない相手だったのだろう。別れたのか、死別なのかはわからない。けれど、彼の想い人を想像しただけで、フィリーネの胸は引き絞られるように辛くなった。

（レオノール様がわたしにこんなに親切で、婚約までしようとしてくれるのは、昔の恩義を返すためだから……）

だが、恩義でそこまでするなんて、むしろ残酷だと思った。

宝物のように大事にされると、まるで心から彼に愛されているような愚かな夢を見てしまいそうになる。

しかもレオノールは、フィリーネが昔持っていた奇跡の力も欲しがらない。

奇跡の力がある間は聖女として崇められ、力を失ってからは用なしとされて蔑まれた。

いっさいの利害なく、彼女を一人の人間として見てくれる人はごくわずかで、だからこそフィリーネは余計に彼に強く惹かれてしまうのかもしれない。

(本当の意味で両想いになれなくてもいい……このまま、彼のそばにいられたら……)

――レオノールのそばにいられたら、それだけで構わない。

一瞬だけ、そんな利己的な考えが思い浮かんだけれど、すぐに無理だと打ち消した。

人質にされている皆の顔を思い出す。

育ててくれた孤児院長に、必死で生きている孤児院の子供たち。下女になっても敬意を払ってくれた優しい神官たちに、それから尽くしてくれたローゼに弟同然のヨハンも――。

今でさえ王の密命を受けてきた罪悪感で押し潰されそうなのに、一生レオノールに秘密を抱えていくことなんてできない。

それに、祖国の王が、命令を果たせない自分を放っておくとは到底思えない。

いったい、どうしたらいいのか。

豪華な離宮で眠れない夜を過ごしながら、フィリーネはこれからのことを思い悩んでいた。

確実にわかっていることは、自分には、どうあっても王からの指令は果たせないこと。

――そして、これ以上レオノールのそばにいてはいけない、ということだけだった。

＊　第五章　思いがけない贈り物　＊

翌日の午後、迎えにきたレオノールの馬に乗せられ、フィリーネはバルディーク王国の宮殿に向かった。

使用人たちに迎えられ、巨大な正面扉から中に足を踏み入れる。

初めて入る宮殿はとてつもなく広い建物だ。吹き抜けになった天井からはきらびやかなシャンデリアが下がっていて、大理石造りの床はちり一つなく磨き上げられている。

眩い内装に目を白黒させながらレオノールに手を引かれ、王太子の私的な応接間に通された。

そこで待っていたのは、彼の姉であるバルディーク王国の王女、アマリア・ノイマン侯爵夫人だ。

「フィリーネ様、はじめまして。アマリアと申します」

紹介されるまでもなく、彼女はレオノールに髪の色も目の色も、そして面立ちも、とてもよく似ている。アマリアは弾けるような笑顔で言った。

「アマリア王女殿下、お目にかかれて光栄です」

「アマリアと呼んでちょうだい。お噂はかねがね！　到着されてから、お会いできる日を心待ちにしていましたわ。なかなかレオノールが会わせてくれないから、何度もせっついていましたのよ」

「姉上、彼女はまだ我が国に着いたばかりです。仲良くなりたい気持ちはわかりますが、どうぞお手柔らかに」

レオノールがどこか冷ややかに言う。

「別の国に来て不安でしょうし、わたくしはフィリーネ様のお力になりたいだけよ。質問攻めにしたりしないからご安心なさい」

「だったらよいのですが、姉上は少々興奮しやすいので。一応お伝えしておかないと、と思いまして」

さらりと釘を刺す弟に「まあ失礼ね！　もうわたくしも大人なので心配は不要よ！」とアマリアは頬を膨らませている。

二人は言いたいことが言えるくらい仲がいいようだ。そう気づくと、初めての彼の身内との面会で緊張していたフィリーネはホッとして、二人のやりとりを微笑ましく受け止められた。

ふいにレオノールが気遣うような目を向けてきた。

「これから父上が謁見の間に出るので、私も行かねばならない。同席できなくてすまないが、代わりにフランツを置いていく」

　そばに控えていたフランツから会釈されて、慌ててフィリーネも頭を下げる。

「彼は我が姉の夫でもあるんだ」

　王女を娶ったフランツは、レオノールの側近でありながら義兄でもあるようだ。

「なにか困ったことがあったら彼に言ってくれ。フランツなら姉を諫めてくれるはずだから」

「レオノール！」とアマリアが眉を吊り上げている。

　時間が迫ってきたらしく、扉のところで控えているレオノールの従者がそわそわしている。

「レオノール様、送ってくださってありがとうございます。わたしのことはご心配なさらないでください」

　笑みを作って言ったが、レオノールはまだなにか言いたげだ。

　フィリーネが首を傾げると、彼が手をそっと握ってきた。そのまま持ち上げられて、甲に口付けられてどきっとする。

「姉上、フィリーネを任せますよ。フランツも頼んだぞ」

　二人に言ってから、「ではまたのちほど」とフィリーネに言い置き、彼は従者を連れて急いで部屋を出ていった。

「……まあまあ、あの子ったら、本当にあなたに熱を上げているみたいね！」

アマリアは満面に笑みを浮かべている。

「あなたといるときのあの子の顔を見たら、宮殿中の皆が悲鳴を上げるほど驚くと思うわ。ああ、感動よ、まさかあのレオノールが、愛する人を連れて帰ってくるなんて！」

それは誤解です、と言いたいけれど、確かに、表向きは婚約を申し込まれた身だ。

フィリーネがぎこちなく笑みを浮かべて、歓喜するアマリアの話を聞いているうち、使用人たちが茶と茶菓子を運んできた。

フランツにも座ってもらい、三人でテーブルを囲む。

「知り合いの方々から、王太子の婚約は本当なのかとか、結婚の予定はいつなのかとか、あれこれ問い合わせがきていて大変よ。降嫁した身だから詳しいことはわからないわと答えておいたけれど、婚約披露の宴の招待状が届き始めたら、きっと社交界で……いいえ、我が国中が大騒ぎになるわね」

アマリアの話では、『王太子が隣国から女性を連れ帰ってきた』『どうやらアレンブルグの聖女と婚約するらしい』という話は、すでに宮殿どころか、有力貴族たちの間にまで広く知れ渡ってしまっているらしい。

（まだ、到着してたった三日なのに……！）

話の伝わる早さに、フィリーネは気が遠くなりそうだった。

「婚約披露の宴は主に国内の貴族を招いて催されるわ。結婚式は周辺国の王侯貴族を招待した盛大なものになるわね！　まだ先のようだけれど、困ったことがあったらなんでも言ってちょうだいね」

——結婚式。

考えもしない話に、フィリーネは一瞬固まってしまった。

「……ご親切に感謝します、アマリア様」

心遣いは素直に嬉しいもので、礼を言う。だが、フィリーネは内心で激しい焦りを感じていた。

（……ともかく宴が開かれる前に、一刻も早く、この婚約をなかったことにしてもらわなくちゃ……）

そんな本音は知らず、ティーカップを手にしたアマリアはご機嫌だ。

「ところで、離宮の住み心地はどうかしら？」

「とても素敵なところで驚きました。調度品もアレンブルグでは見たことがないくらいお洒落で、わたしにはもったいないほどです」

すると、なぜかホッとしたように彼女は胸を撫で下ろす。夫と目を合わせて微笑み合ってから、説明してくれた。

「気に入ってもらえてよかったわ！　実はね、あそこは半年ほど前にレオノールが建てさせて、『若い女性が気に入るようにしたい』と、私も内装の助言を求められたのよ」

（レオノール様が、半年も前から……？）

思いがけない話だった。彼は本当に、トゥルペの砦を落とすときには、すでにフィリーネをここに迎える決意でいてくれたのだ。

だが、感激で胸が熱くなった次の瞬間、ずっと気になっていたことがフィリーネの脳裏をかすめた。

「どうかしたかしら？」

気遣うようにアマリアが訊ねてくる。

「あの……実は以前、噂を耳にしたことがあるのです」

「噂？　まあ、どんなことかしら？」

おずおずと切り出すと、アマリアが興味津々で身を乗り出してくる。

「レオノール様にはどなたか意中のお相手がいらっしゃって、縁談をすべてお断りになっている、と」

「あら」

彼女は口元に手をやると、夫に目を向ける。ずっと静かに二人の話を聞いていたフランツが口を開いた。

「私が知る限り、それはフィリーネ様のことなのではないかと思いますが」

「わ、わたしのはずがありません」

慌てて否定するが、フランツは困ったように言った。

「私は子供の頃から王太子殿下の友人で、これまでずっとそば近くでお仕えしてきました。殿下の口から女性の名前が出るのは、身内を除けば、助けてくれた『アレンブルグの聖女』についてだけでした」

「そうよ、わたくしも、レオノールがずっと心に留めてきたのはあなたのことだと思っていましたもの！」

動揺するフィリーネを見て、アマリアも不思議そうだ。

「で、ですが、わたしがレオノール様にお会いしたのは、もう十二年も前のことで……」

「ええ。まだ幼かったあなたが、毎日あの子に食事を届けてくれたと聞きました」

アマリアは頷き、思い出すように目を伏せた。

「レオノールは国に戻ってからも、ずっとそのときのことを忘れずにいました。軍に入ってしまったから、たまにしか会えなくなったのだけれど……あなたの様子が伝わってこなくなったときにはずいぶん気がかりだったようで、暗い顔をしていましたわ」

彼女は顔を曇らせる。フランツが元気づけるように、そっと妻の背中に触れた。

「だから、レオノールの『聖女を救い出したい』という訴えに、父上も頷いたのでしょう。

わたくしも、あの子があなたを連れ帰ってきたことで、この離宮のお支度が誰のためのものだったのかがはっきりし、嬉しくなったものですわ」

フランツが「フィリーネ様」とふいに呼びかけた。

「実は、王太子殿下だけではなく、私とオットーも、あなたには並々ならぬ恩義があるのです」

意外なことを言われて驚く。

(フランツ様とオットー様も……？)

彼らとは先日アレンブルグに迎えにきてくれたときが初対面だと思っていた。

必死に記憶を探ってみるけれど、やはりレオノールのことは覚えていても、フランツたちに会ったことはないはずだ。

「申し訳ないことに、わたしには覚えがないようです」

人違いではないかと思いながら、フィリーネはおそるおそる答える。

「あなたが覚えていないのも当然のことです」

フランツは小さく口の端を上げると頷いた。

「私とオットーの二人は、十二年前、王太子殿下がアレンブルグとの国境に誘い出された際にも付き従っていました。ですが、遭遇したアレンブルグの兵士から王太子を守ることができず、不甲斐ないことに、ともに捕らえられてしまったのです」

フィリーネはハッとした。

牢屋の中にいたレオノールが安否を気にしていた、彼の連れ二人のことが思い出される。なんという名前だっただろうか。確か——。

（そうだわ……、フランツと、オットー）

少年だったレオノールに、切実な声音で彼らの安否を訊ねられた記憶が蘇った。

「あのときの……！　すぐに思い出せずに大変失礼しました」

「謝罪していただく必要はありません。顔を合わせてはいないのですから、気づかなくて当然です」

フィリーネが謝ると、フランツは首を横に振って言った。

「まだ少女だったあなたが地下牢の入り口までやってきて、看守と言い合う声は、捕らわれていた我々のところまで届いていましたよ。『フランツとオットーに差し入れを渡してください、あなたにも家族がいるでしょう？　彼らにも国で待っている人がいるのです』と、渋る看守に必死に訴えてくれて……すべてではありませんが、食料の一部は我々に渡されました。どうにか生き延びて、こうして祖国に帰れたのは、勇気あるあなたの行動のおかげです」

王太子が帰国するとき、護衛の二人も牢屋から生きて解放されたと聞いてはいた。だが、詳しいことまでは知らされずにいた。

まさか彼らにもここで再会できるなんてと、感激でフィリーネの胸は熱くなった。

「……無事に帰国してくださったことを神に感謝します。我が国の王が申し訳ないことをしました」

「あなたが詫びることではありませんわ！　すべてはアレンブルグの無茶苦茶な王のせいです」

憤慨したようにアマリアが言う。妻の手を握ったフランツも頷く。

「私もオットーも、この国でなにかあなたに助けが必要なときには、我が身を投じてでも力になるつもりでいます」

フランツがこちらに真摯な目を向けて言うと、アマリアも胸に手を当てた。

「わたくしもまったく同じ気持ちですわ！　もし、フィリーネ様が手を差し伸べてくださらなかったら、フランツは国に戻れず、わたくしたちは結婚どころか、再会することすらも叶わなかったかもしれませんもの」

しんみりと言う。二人は幼馴染みの間柄で、子供の頃からの恋を成就させたらしい。それを聞くと、よりいっそうフランツたちが無事に帰れてよかったと思った。

「ささいなことでも構いません。困ったことがあったらいつでも助けを求めてくださいませ。フィリーネ様が我が弟と婚約されたなら、私たちはこれから義理の姉妹になるのですから」

「ありがとうございます、アマリア様、フランツ様」

感謝を伝えながら、フィリーネは内心ではいたたまれない気持ちになった。

彼らは、敵対関係にある隣国から来た自分と王太子との婚約を、心から応援してくれているようだ。フィリーネは平民で、特別な力ももうない。本来なら疎まれ、反対されても仕方ない身の上だというのに。

だが、二人からの好意も、自分がアレンブルグの王になにを命じられてここに来たかを知られるまでのことだ。

ずっと首にかけている十字架の存在が、フィリーネの心を苛み続けている。

自分は、王太子には到底相応しくない。婚約が正式なものになる前に、とにかくこの宮殿から出ていかなくてはならない。

情けないことに馬にも乗れない自分は、誰かに手助けを頼む必要があった。

(でも、それをアマリア様たちに頼むわけにはいかないわ……)

王太子と極めて近い立場にある彼らに、そんな困り事を打ち明けられるはずがない。

悩んでいると、ふとフランツの軍服の袖口でなにかがきらりと光るのが見えた。

そこから覗いている金細工のブレスレットに目が留まる。繊細な彫り込みがあるそれには見覚えがあった。

(どこで見たのかしら……)

記憶を探っていると、フィリーネの視線の先にあるものに敏く気づいたらしく、アマリアが教えてくれた。

「綺麗でしょう？　彼がしているブレスレットは、我が国の王族に一人一本ずつ与えられるものなのよ。代々伝わる話によると、初代の王が国を荒らす悪い竜に勝利して、善の存在に変わった竜より授かった金塊から作られたものだとか」

「素晴らしい宝物なのですね」

説明を聞いて、飾り気のなさそうなフランツが装飾品を身につけていることに納得する。

「結婚したら、相手に忠誠と愛の証しとして渡すしきたりなので、既婚の王族はつけていないのです。ですから、先々はフィリーネ様にも渡されるはずなのですが……ああ、そうだわ。レオノールはアレンブルグに捕らわれたときに、置いてきてしまったと言っていました」

残念そうに言われて、フィリーネはやっと思い出した。

そのブレスレットをどこで見たのか。

アレンブルグの王の私室だ。玉座の背後の壁に自慢の武器をずらりとかけて、そのそばに置いた天使の像に宝飾品を無造作に飾っていた。天使の像の腕に綺麗なブレスレットが光っていたので、記憶に残っていたのだ。

（きっと、レオノール様を捕らえたときに、戦利品として奪ったのだわ……）

バルディークの王族を踏みにじる行為だと思うと、余計に彼らの尊厳を傷つける気がして、失ったブレスレットの所在を伝えることはできなかった。

申し訳ない気持ちでいっぱいになる。黙り込んでしまったフィリーネが、レオノールのブレスレットが失われたことに落ち込んでいると思ったのか、気遣うようにアマリアが声をかけてきた。

「でも大丈夫よ！　結婚の際には、レオノールはあなたに数え切れないほどの宝飾品を贈ることでしょう。これまでいっさい戯れもせずに軍務や国政に打ち込んできたから、資産は有り余っているはずよ。好きなだけ買ってもらうといいわ」

「い、いいえ、そんな」

とんでもない、とフィリーネは慌てて首を横に振る。

「あら、遠慮しなくていいのよ。フランツだって奮発してくれたものだわ」

「君を花嫁にするためなら、金貨を惜しんでいるわけにはいかなかったからね」

肩を竦めて笑うフランツに、アマリアはにっこりしている。二人は本当に仲がいいようだ。

（互いを心から想い合っていらっしゃるのね……）

レオノールと自分とは、まるで違う。

自分たちは、捕虜と敵国の人間として出会った。

そして今、フィリーネは彼に惹かれながらも、祖国の王からの『王太子を殺せ』という密命に思い悩む日々を送っている。

どうしたって、アマリアたちのように、心を開いて率直な関係を築けるわけがない。

もし、彼らみたいに、せめて普通に出会っていたら、自分たちにも違う未来があったのだろうか——。

フィリーネが悲しい気持ちで想像していると、扉がノックされた。

軍服姿の男が顔を出す。それを見て、フランツが「少々失礼します」と言い置くと席を立った。

二人だけになると、フィリーネは思い切ってアマリアに訊ねた。

「アマリア様、お訊ねしたいのですが、この宮殿の近くに修道院はありませんか?」

「もちろん、ありますわ」

アマリアがパッと笑顔になった。

「フィリーネ様は聖女として神にお仕えする身だったと伺っています。わたくしも、教会や修道院へは定期的に寄付をしに行ってるのです。ちょうど寄付の品が溜まってきたところですし、もしお望みでしたらご一緒しましょう」

ぜひ、と頼み込んでから、フィリーネは表情を曇らせた。

「ですが……もしかしたら、レオノール様にお許しいただけないかもしれません」

「あら、あの子ったらそんなに束縛が強い男だったのね」

アマリアが眉を顰める。

今日この場に来るときも、忙しい政務の合間を縫って、わざわざ彼自身が離宮まで迎えにきてくれたほどだ。

束縛されているわけではないけれど、フィリーネがこの婚約をまだ受け入れられていないことは彼もよくわかっているはずだ。

そんな中で、もし、修道院に行きたいと言い出せば、レオノールはフィリーネが自分から逃れようとしていることに気づいてしまうだろう。

「いいわ。では、レオノールには内緒で行きましょう。腕の立つ護衛も連れていきますし、わたくしもご一緒しますからなんの心配もいりませんわ。修道院長もフィリーネ様をお連れしたらきっと喜びます」

寄付の品を取り纏める時間が必要なので、明後日あたりではどうか、と言われて了承する。

アマリアの好意に礼を言いながら、フィリーネは胸が痛むのを感じた。

王太子との婚約をなかったことにして、離宮を出ていきたい。そのためには、もう無理にでも修道院に逃げ込む以外に方法がなかった。

人質にされている教会と孤児院にいる皆と、レオノールの命を秤にかけることはどうしてもできない。

どちらももう、フィリーネにとって大切な人たちだからだ。

だが、悩み続けているうちに、レオノールの暗殺を実行せず、国にいる人質たちを殺さないでもらえる方法が、たった一つだけあることに気づいた。

——聖女は死んだ、という偽りをアレンブルグの王の耳に入れることだ。

王太子を暗殺できなかったと知れば、王はフィリーネに罰を与えるために人質を殺そうとするだろう。しかし、本人が死んだとわかれば、それは無意味になる。

もし、バルディークの宮殿に身を置きながら亡くなったとなると、両国間の国際問題にされて、アレンブルグ側にふたたび戦争を起こす理由を与えることになってしまう。

その点、修道院に入ったあとで、病気で亡くなったことにしてもらえれば、誰のせいでもない。

修道院には様々な事情を持つ者がやってくる。身を守るために修道女の身元を隠したり、亡くなったことにするのもよくあることなので、きっと力になってくれる。

そこでフィリーネが死んだと聞けば、さすがにレオノールも婚約を諦めて、自分のことは忘れてくれるだろう。

——修道院に行って死を偽装することは、自分がレオノールの弱点ともならず、彼を暗殺できなかった咎で祖国に残してきた皆を火あぶりにされることも避けられる、唯一の方法だ。

（レオノール様は、私の身勝手な行動をお怒りになるかしら……）

彼は自分の死を信じないかもしれない。あるいはショックを受けて、悲しませてしまうだろうか。どちらにせよ、自分が修道院に入ったと知ったときの彼の反応を思うと、気持ちが暗くなる。

けれど、これが他に誰も死なせず、八方丸く収まる唯一の最善の策だ。

「フィリーネ様と外出できるなんて嬉しいわ。わたくし、妹が欲しかったの」

にこやかに修道院行きの話をするアマリアに、フィリーネの胸は痛んだ。

――自分は目的のために、親切にしてくれるレオノールの姉を利用しようとしているのだから。

＊

「ご歓談のところ失礼する」

戻ってきたフランツとアマリアの夫婦と三人で談笑していると、レオノールが慌ただしく応接間に入ってきた。

「あら、謁見はもう終わったの？」

「ああ、今日会うべき者には全員会ってきた。フィリーネ、何事もなかったか？」

「は、はい。アマリア様とフランツ様のおかげで、楽しくお話しさせていただきました」

慌ててフィリーネが答えると、明らかに彼は安堵した様子だ。

「では、離宮まで送ろう」とレオノールが促してくる。

「本当にフィリーネ様に首ったけなのねえ」

にこにこしてアマリアに言われて、どんな顔をしていいのかわからなくなる。確かにレオノールは忙しい。夕食はできる限り一緒にとりたいと言いながらも、旅に出ていたせいかずいぶんと政務が溜まっているようで、宮殿に着いてからまだ一度も夕食をともにすることができていないくらいだ。

（それなのに、わざわざ戻ってきてくださったんだわ……）

彼はフィリーネを離宮に送り届けるためだけに、こうして戻ってきてくれたのだ。

申し訳ないような、嬉しいような気持ちが湧いてきて、頬が熱くなるのを感じた。

アマリアたちに挨拶をしてから、応接間を出る。

そのまま離宮にまっすぐ戻るのかと思いきや、通路を歩き出したレオノールが、予想外なことを言い出した。

「もしよければ、少し宮殿の中を案内しよう」

意外な申し出だったけれど、異国の宮殿には素直に興味が湧いた。

「嬉しいお言葉なのですが……お忙しいのではないですか？」

「すべきことはあるが、あとでやりくりすればいいだけだ。今は、君との時間が最優先だから」

当然のように言うと、彼がフィリーネの手を取って軽く握り締めた。

「以前から、君をこちらに連れてきたいと思っていた。だから、ちょうどいい機会だ」

「で、では、ぜひお願いします」

思い切って頼むと、彼が口の端を上げた。

「少し宮殿内を巡る。お前は戻って構わない」と言って、レオノールが従者を下がらせる。

フィリーネは彼に手を引かれて、二人きりで広大な宮殿の中を巡り始めた。

果てが見えないくらいに長くてきらびやかな通路を進む。

そのところどころに据えられている天使の像には、魔除けの意味があるらしい。蔵書室には天井まである本棚に大量の本がずらりと並んでいる。他にも、大臣たちとの会合を行う円卓の間や、まだ結婚前のフィリーネは足を踏み入れることができないけれど、地下に王族の霊廟があることも教えてもらった。

「――ここが大広間だ」

両開きの扉の片側を開けたレオノールに導かれる。

どうぞと促されて、おそるおそるフィリーネは中に足を踏み入れた。

誰もいない室内は、天井も奥行も広々としている。金色の柱は見事な彫り込みがなされ、床は磨き上げられている。壁は鏡張りで、天井からはいくつものシャンデリアが煌めきを放っている。

目がくらみそうなほど眩く豪奢な大広間に圧倒されて、ぼうっとなった。

「代々、結婚式のあとは、ここで披露の宴が催される。各国の王侯貴族を招くので、かなり盛大な祝賀の宴になるだろう」

レオノールの言葉で、今はがらんとしているここに大勢の招待客が集まったときの華やかさを想像した。

（……我が国が、バルディーク王国に勝てるわけがないわ……）

贅を尽くした豪華絢爛な宮殿を見て回ると、そもそも祖国とこの国では財力がまったく違うことに気づいてしまう。

これまで、両国の戦が中途半端に長引いたのは、幸運にもバルディーク側は防戦のみで、アレンブルグを支配することに興味を示さなかったからだろう。もし、初めからこの国にアレンブルグを殲滅させようという意思があれば、もうずっと前に全土を掌握され、祖国はこの国の属国となっていたはずだ。

初めて祖国を出て、隣国の桁外れな豊かさに触れたことで、フィリーネの中に驚きと諦めの気持ちが同時に湧いた。

「あっ！」

圧倒されてぼうっとしていたせいか、ドレスの裾をうっかり踏みそうになる。

素早くレオノールが腰に手を回して、フィリーネが転ばないように支えてくれた。

「も、申し訳ありません、裾を踏んでしまいそうになって……」

「急にあちこちと連れ回したから疲れたんだろう。その前には、姉のおしゃべりにも付き合ってくれたのだし」

慌て者の自分が恥ずかしくなったが、レオノールは少しも厭う様子を見せない。

「お付き合いいただいたのはわたしのほうですわ。アマリア様はとても楽しいお方でした」

慌てて言うと、彼は苦笑している。

「姉と気が合ったのならいいが、彼女に苦もなく付き合えるのは夫のフランツくらいしかいない。本当に、一日中あの調子でしゃべっているから」

元気に満ち溢れたアマリアの様子を思い出し、フィリーネも小さく笑った。

「また会う機会もあると思うが、無理はしないように……では、そろそろ戻ろうか」

離宮まで送っていく、と言われて、フィリーネは頷いて彼に導かれるまま大広間の出口に向かう。

彼と宮殿内を歩いてみて、気づいたことがあった。

使用人たちや各所に立っている警護の兵士たちは、彼を見つけるとすぐに頭を下げたり敬礼をしたりする。人々がレオノールに向ける目には敬いが感じられ、彼が普段から宮殿でどのように振る舞っているのかがよくわかる。国を継ぐ王太子として、人々から慕われていることが伝わってきた。

いっぽうで、アレンブルグの民には王を敬う気持ちなどかけらもなかった。誰もがただ畏怖の感情で縛りつけられているだけで、うっかり機嫌を損ねて罰を与えられるのではと怯えて縮こまっているのが常だ。

奇跡の力を失ってからは、フィリーネ自身もそうだった。

（バルディーク王国の民は幸せね……）

両国の王族に人格の差を感じて、つい小さなため息を吐いてしまう。

大広間を出る前に、ふとレオノールが立ち止まり、こちらを振り返った。

「君に、これを渡そうと思っていた」

彼は懐から小さな天鵞絨張りの箱を取り出す。手渡されて「開けていいのですか？」と訊ねる。レオノールが頷くのを見て、フィリーネはゆっくりと蓋を開ける。

すると、中には一対のイヤリングが輝いていた。

金の台座の中央に紫色の宝石がはめられ、その周囲を小さなダイヤモンドらしき宝石がぐるりと囲んでいる。更に下側には、雫のかたちをした宝石がぶら下がっている。小ぶりだが豪華な作りの宝飾品だ。

淡い光を放つその美しさに、フィリーネは思わず目を瞠った。

「商人が持ってきた宝飾品の中に、君の瞳の色に合いそうなものがあったんだ」

まさか、レオノールからの贈り物だとは。

「こ、このような立派なもの、いただくわけには」

「気に入らなければ、いくつでも他のものを選んでくる。ドレスは仕立屋に頼んでいたが、宝飾品までは頭が回らなかった」

そう言われても、あまりに高価そうな贈り物に驚愕した。

つけてみるといい、と言って、彼自身がイヤリングを手に取り、フィリーネの耳につけてくれる。左右の耳朶に少しひんやりした感触と、それから彼の熱い指がかすかに触れた。

鏡張りの扉に目を向けると、レオノールと自分が映っている。

仕立ててもらったばかりのドレスに、輝くイヤリング。

まるで、自分ではないみたいだ。

軍服姿のレオノールの前に立つ女性には、愛らしいイヤリングがよく似合って見える。

つい先月まで、すり切れた下女のお仕着せを着て、毎日コマネズミのように働いていたのに。

フィリーネは呆然と鏡に見入った。

「……とてもよく似合っている」

ふいに、鏡に映る自分が、背後から頭一つ分背の高い彼に抱き寄せられる。

端整な男の顔が寄せられ、頰にそっとキスをされる。すると、みるみるうちに自分の白い頰が赤らんでいく。

そんな自分自身の反応を目の当たりにして、恥ずかしくなる。フィリーネはとっさに目を伏せた。

「気に入ってくれただろうか」

「え、ええ、とても……ですが、あまりに素晴らしくて、高価そうな品なので」

「値段など気にしないでくれ。問題は、君が気に入るか、気に入らないかだ」

平民には到底こんな言葉は口にできない。大国の王太子として生まれた彼は、きっとこれまでの人生で、値段を気にして買い物をしたことなどないのだろう。だが、不思議とフィリーネの耳に、その言葉は豊かさを誇示するようには感じられなかった。

彼は宝飾品を見たときに、ただ純粋にフィリーネの存在を思い出してくれたのだ。そう思うと、歓喜でじわっと胸の奥が温かくなった。

いらない、と言いたくない。せめて、今だけでいいから、彼からの贈り物を素直に受け取りたい。

(出ていくときには、離宮に残していきますから……)

そう言い訳をして、フィリーネはおずおずと顔を上げる。

鏡の中の彼と目が合った。

「ありがとうございます、レオノール様。わたしにはもったいない品ですが……、とても……とても気に入りました」

フィリーネはにっこりして、彼に背後から抱き竦められたまま、鏡越しに礼を言った。

すると、なぜかレオノールが一瞬固まる。

彼はすぐにフィリーネを強く抱き締めてきた。

「レ、レオノール様？」

驚いて声をかけると、彼は鏡の中のフィリーネと目を合わせた。

「他にも欲しいものがあれば、どのようなものでも取り寄せよう」

「いいえ、もうこのイヤリングだけでじゅうぶんです」

慌ててそう言うと、彼はどこか落胆したように目を細めた。

「……もっと、君の笑顔が見たい。喜ばせることができるのなら、なんでもする。君は、なにを望む？」

欲しいものはないと首を横に振る。

「国中から望みの宝石を集め、国一番の職人を呼んで、気に入りの装身具を一から誂えさせることもできる。ドレスでも香水でも馬でも別荘でも、なんでもいい。君が欲しがるものなら、どれだけでも惜しまずに金貨を積もう」

当然のように言われて、フィリーネは王族である彼の懐具合に驚く。

だが、甘やかすような言葉に喜びを覚える反面で、戸惑いも感じていた。

イヤリングは、自分のためにと思ってくれた彼の気持ちが嬉しかっただけで、贅沢を望んでいるわけではなかったからだ。

ふと、先ほどアマリアたちから教えられた、レオノールの意中の人についての話が頭をよぎった。

（彼の想い人がわたしだなんて、本当なのかしら……）

アマリアたちが嘘を吐くとは思えないが、どうしても信じられない。

なぜならフィリーネは、レオノールが自分を婚約者として迎えようとする理由が、愛や恋によるものではないという確信を持っているからだ。

（だって、レオノール様は、一度も『好きだ』とも『愛している』とも口になさらない……）

婚約を申し込まれたときも、口付けをされ、情熱的に体に触れられたときもそうだ。

熱を秘めた切なそうな目で見つめられると、彼の気持ちを勘違いしそうになる。

そのたびにフィリーネは、自分を叱咤して戒めている。

いつもレオノールは、『恩義』という言葉しか使わない。

先ほどアマリアたちの話を聞いたときは、正直に言えば胸が高揚した――本当に、彼の想い人が自分ならばと。

けれど、こうしてまるで特別な想いが込められているかのような贈り物をくれるときも、レオノールは想いを告げる言葉を口にしない。

――やはり、彼の想い人が自分だなんて、なにかアマリアは勘違いをしているのではないだろうか。

そう確信するたびに心の中がもやもやして、泣きたいくらい胸が苦しくなった。

フィリーネの表情が曇ったのに気づいたのか、レオノールが困ったように言った。

「どうした？　さっきは笑ってくれたのに、そんなに悲しそうな顔をするなんて」

労るように髪を撫でられる。

優しくされると、よりいっそう切ない気持ちが込み上げてきた。

レオノールの想い人が自分でなくても構わない。それでもいいから、ただもう少しだけ彼のそばにいたいと思ってしまう。

せめて、レオノールが自分の力を利用するために呼んだのだったらよかったのに。

フィリーネは思い切って、ずっと気になっていたことを訊ねてみた。

「レオノール様は……どうして、私に力を使わせてみようとしないのですか？」

「奇跡の力のことか？」

フィリーネはこくりと頷く。

「力が失くなったあと、祖国の王からは何度も疑われて、罰を与えられました。わたしが嘘を吐いて、奇跡の力を出し惜しみしているのではないかと」

だが、レオノールは一度もフィリーネに力を使うように命じてくることはなかった。力は失くなったのか、と確かめることさえもない。

一瞬だけ考え込むように口籠もってから、彼は説明した。

「昔会ったとき……君は頼まなくとも私の小傷を治してくれた。一緒に過ごした時間は少ないが、君がどのくらい慈悲深い人かを私はよく知っている。だから、君が率先して力を使わないとしたら、『使えない』のだとわかる。だから、無理に使わせようなどとは思わないだけだ」

まさか、レオノールがそんなふうに考えていたとは気づかなかった。

ずっと力を失ったことを責められ続けてきた心の傷が、その思いやり深い言葉で癒やされていく気がした。

「ち、力は消えてしまったけれど……本当は、以前のように、皆を救いたいのです」

「わかっている。だが、無理をする必要はない。君はこれまで、すでに多くの民を救ってきたんだ。きっとこれは、少し心と体を休めろという神の意志だろう」

彼の言葉が素直に心に染みて、こくこくと頷く。

もう誤魔化しようがない。どんなに止めようとしても、自分はレオノールに心を委ね始めている。

いつの間にか、フィリーネは彼に恋をしてしまったのだ。

（それだけは、駄目なのに……）

そう思うのに、彼への気持ちを止めることができない。

ふいに力強い腕に抱き寄せられて、フィリーネの心臓がぎゅっとなった。

「あ……、ん……っ」

レオノールがフィリーネの首筋に顔を埋めて、軽く吸ってくる。ちゅ、ちゅっと音を立てて熱い唇に吸われるたびに、甘い痺れが背筋を駆け上がって、びくびくと体が震えてしまう。

彼に抱き竦められると、どうしても拒めない。もっと触れてほしいと望んでしまう自分を叱咤しながらも、フィリーネはレオノールとの触れ合いに溺れた。

「フィリーネ、君が可愛くてたまらない。どうか、望みがあるならなんでも言ってくれ」

孤児院の子供たちと教会の神官たち、ローゼにヨハン、脅しを受けている祖国の皆を守ってほしい、という言葉が喉まで出かかった。

だが、結局口にすることはできなかった。

(それだけは、彼に頼んではいけないことだわ……)

もし彼に頼めば、バルディーク側は軍を動かすことになる。助けになるどころか、アレンブルグの軍人のみならず、平民たちの命が奪われることになるだろう。

表向き、自分が王の命令に従っていると見せかける以外には、皆を害されないようにする方法はないのだ。

「わ、わたしがなにを望んでいるか……レオノール様は、ご存知のはずです」

フィリーネが王太子に言える願いはただ一つ——今すぐに婚約をなかったことにして、ここから解放してほしい、ということだ。

ふいに背後から頤を摑まれて、そっと彼のほうを向かされる。

先ほどまで熱く感じられた彼の碧い目が、今は凍りついたように冷ややかにフィリーネを射竦める。

硬い指先でフィリーネの唇をなぞって、レオノールは告げた。

「何度も言っただろう？　『婚約を解消して、国に帰らせてほしい』と言いたいのだろうが――それだけは叶えてやれない」

「レオノール様……」

フィリーネが言おうとした言葉を封じるかのように、レオノールが指を唇に押し当てる。

「私には、君との婚約を解消するつもりはない」

フィリーネの唇が、熱い彼の唇できつく塞がれた。

「んん……っ」

反論も、哀願の言葉も、いつになく荒々しい口付けで封じられてしまう。

何度も角度を変えて唇を吸われ、引き結んでいた唇をつい緩めると、咥内にぬるりと熱いものが入り込んできた。

彼の舌だ。レオノールの舌は、フィリーネのものよりずっと分厚くて長い。先ほど凍てついた表情を見せた彼とは思えないほど、レオノールは情熱を込めてフィリーネの口の中を舐め回し、舌を激しく搦め捕る。

くちゅっちゅっと淫らな音を立てながら、まるで美味なものでも味わうかのように、フィリーネの舌は捏ね回され、強く吸い上げられてしまう。

「も、もうおやめに……っ」

「駄目だ。そうだ、また痕をつけ直しておこう」

唇が離れた隙に、彼の腕から逃れようとすると、腕を摑まれる。ぐいと引き戻され、身を反転させられたかと思うと、背後にある鏡張りの壁に背中を押しつけられた。

ひんやりとした鏡の感触に身を竦めたフィリーネのドレスの胸元に、レオノールの指がかかった。

（え……？）

目を丸くするフィリーネの前で、彼がわずかに押し下げたドレスの胸元に顔を近づける。

まさか、と思ったけれど、こんな場所で、レオノールは半ばまであらわになったフィリーネの白い胸に唇を触れさせた。

「あ……だ、駄目です……！」

慌てて止めようとしたけれど、遅かった。柔らかな胸に押しつけられた熱い唇が、じゅっと強くそこを吸う。

「ひっ⁉」

二度、三度とややきつめに吸われて、びくんびくんとフィリーネの体が震える。

「ああ……君の白く美しい肌に、綺麗に痕がついた」

顔を上げたレオノールがどこか満足げに呟く。

おずおずと見下ろすと、確かに白い胸元には、小さな花びらのような紅い痕が残されている。

ドレスの胸元を引き上げればぎりぎり見えないところではあるものの、かなり際どい場所だ。あからさまな所有の証しを残されて、愕然とする。

「……なぜ、こんな場所で、こんなことを……?」

今は二人きりだとはいえ、ここは誰が入ってくるかわからない。そんな場所で彼から淫らな痕をつけられてしまい、胸元を手で隠しながら、フィリーネは激しい羞恥に襲われた。

「結婚の際には、各国からの招待客が我々を祝いに訪れる。きっと、誰もがこの場で、大陸中で一番美しい花嫁だと君を褒め称えるだろう」

「そんな……」

その日のことを想像して、こんなことをした場所で?と、一瞬頭の中が混乱する。潤んだ目で見上げると、ふいに顔を顰めた彼が、ぐっと喉を鳴らした。

「きっと君は各国の注目の的になる。もちろん誇らしいが……同時に、君を人目に晒さずに隠しておきたい気持ちもある」

彼は整った容貌をもう一度フィリーネの胸元に埋める。労るようにして自らが残した痕に舌を這わせ、ちろちろと舐めた。

そうしながら、彼の大きな手が、胸の膨らみをドレス越しに淫らに揉み込む。

「や……、あ……んっ」

掌で鷲摑みにされた豊満な膨らみが様々にかたちを変える。何度も胸元にキスをされて、彼の目に淡い尖りが見えてしまいそうなことに激しい羞恥を感じた。

すでに衣服の中でつんと硬く尖ってしまった乳首がじんと疼く。

身悶えするフィリーネの体が昂っていることに気づいたのか、彼がそっとドレスの胸元を押し下げる。片側の胸が零れ出て、とうとう乳首があらわになってしまう。

「い、いや」

慌てて手で隠そうとするが、その前にレオノールが顔を寄せてきた。

「なんと初々しい色の果実か……」

感嘆するように言って、彼がフィリーネの淡い尖りに口付ける。

「あっ⁉　や……あ、あっ」

そっと唇で挟み、軽く舌で舐め回される。その間も、もういっぽうの胸を揉み込まれて、布に包まれた乳首が擦れてじんじんと痛む。

「だめぇ……あぅ、んっ」

鏡に背を預けて甘く喘ぎながら、フィリーネは熱心に乳首を貪るレオノールに翻弄された。

「ああ、もう君を送っていかなければいけない」

名残惜しそうに呟く彼の唇が、愛撫に充血した乳首をかすめる。

「ひっ、あ、あ……んっ」

敏感な尖りをねっとりと舌でねぶられる。最後に優しく甘噛みをされて、フィリーネは軽く絶頂に達してしまった。胸を弄ばれるうちに、あろうことか脚の間がじわりと蜜で濡れているのに気づく。

（こんなところで……いけないのに……）

泣きそうになりながら、必死で腿を擦り合わせる。フィリーネは身を硬くしながら、彼が与えてくる刺激を必死で堪えた。

ようやくレオノールが顔を上げて、ドレスの前を直してくれる。やっと許してもらえるのかとホッとすると、急に羞恥が込み上げて、フィリーネは慌てて彼から離れようとした。

「離さない」

肩を引き寄せられて、身じろぎすらできないほど強く、硬い腕の中に閉じ込められた。

「……アレンブルグにはぜったいに帰さない。その代わり、私との婚約を破棄する以外のことならば、どのような望みでも叶える」

なぜなのか、耳を押しつけた彼の胸の鼓動は、さんざん翻弄された自分よりも速い。

（もう少しだけ……熱が引くまでの間だけだから……）

そう自分に言い聞かせて、おずおずとフィリーネは軍服の硬い胸元に頭を預ける。

甘えるようなしぐさに歓喜した様子で、彼がまた唇を重ねてくる。言葉にはできなくとも、互いの離れ難い気持ちが、今だけは通じ合ったような気がした。

どうあっても恩義を返そうとする彼の懐に捕らわれて、どうしていいかわからなくなる。

結局、従者が王太子を捜しに来るまで、フィリーネは大広間で彼の腕の中に抱き締められていた。

＊　第六章　修道院に行かせてください　＊

手紙を二通書き上げると、フィリーネはしっかりと封蠟印を押してからハンナに渡した。

「では、シュテンゲル商会まで届けてきますわね。ちょうど、商人がアレンブルグに向かうときに間に合うといいのですが」

外出着を着たハンナが、受け取った手紙を大事そうにバッグにしまう。

「お願いね。気をつけて行ってきてちょうだい」

フィリーネと祖国を出る前に、ハンナは王の側近からバルディークの王都にある商会の場所を教えられたそうだ。そこに届けたものは、両国を行き来することを許されている限られた商人が、密かにアレンブルグ王国まで運んでくれる手筈になっているらしい。

ハンナのために馬車を頼むと、宮殿の使用人からは『必要なものがあれば離宮に商人をお呼びします』と言われて困ったが、なんとか言い訳をして用立ててもらえた。

離宮の入り口で、ハンナが乗った馬車を見送りながら、フィリーネの胸に不安が湧いてきた。

手紙のうち一通は、アレンブルグの王フリードリヒ宛てだ。

『隣国の宮殿に着いたら、必ず状況を報告する手紙を出せ』と命じられていたのだ。

内容は、無事に隣国の宮殿に到着し、王太子を含めたバルディーク王国の人々によくしてもらっているという当たり障りのないものだ。そして、祖国の幸福を祈る言葉で締めた。

王太子との婚約話は伏せておいたが、すでにバルディークの民の一部には知られ始めている。もしかしたらこの手紙を届ける商人自身が王に告げてしまうかもしれない。

――もしも、フィリーネが王太子に求婚されたことを王が知ったら。

妃になれば、王族の暗殺も、この国の機密を握ることとさえも不可能ではないだろう。更にどんなことを要求されるかと思うと、背筋がぞくっと冷たくなった。

(……王から新たな指令が届く前に、どうあっても離宮を出なくちゃ……)

王の手の者にどこかから監視されているとしても、修道院に入ったあとであれば指令を実行することはできなくなる。おそらく王は役立たずの聖女が奇跡の力を使えず、修道院に送られたのだと思い込むだろう。

そうなれば、たとえフィリーネへの罰として人質を殺したところでどうにもならず、ただ民から恨みを買うだけだ。さすがにそこまでの蛮行は周囲の者が止めるだろう。

ともかく今は、アマリアがいい人だと褒めた修道院長が力になってくれることを祈るしかない。

もう一通は、届けてもらえるかはわからないけれど、ローゼ宛てだ。同じように近況を綴り、彼女と教会の皆、そして孤児院の子供たちが元気で幸せであるようにという祈りを込めた。

（修道院に入ったら、よほどの事情がない限り、二度と外には出られなくなるわ……）

明日、修道院長にかけ合い、無事に受け入れてもらえたら、自分は表向き死んだことにしてもらう。そして、おそらくそこから出ずに一生を終えるだろう。

聖職者以外の男が院内に足を踏み入れることは禁じられている。たとえ王太子であっても、修道女を外に連れ出すことはできないのだ。

離宮に戻り、リリーたちに少し部屋で休むと伝えて、密かに荷物を纏める。

この国で与えられたものは入れず、持ってきた最低限の身の回りの品だけをバッグに詰めた。毒入りの十字架のネックレスは身につけたまま向かい、修道院で事情を話そう。修道院なら墓地があるから、人目に触れずに処分することもできるはずだ。

ふと、窓際の花瓶に生けられた花に目を向ける。

仕事の合間を縫って、茶の時間か夕食の前に必ずご機嫌伺いにやってくるレオノールは、今日は特別忙しいらしい。来られないことへの謝罪の手紙と、薔薇の花束だけが届けられた。淡いピンク色の花は瑞々しく咲き誇り、甘い香りを放ってフィリーネの心を和ませてくれた。

生真面目な彼は、ドレスや宝飾品を用意するだけではなく、こうして花まで届けさせ、常にフィリーネを忘れていないという意思表示をしてくれる。

氷の王太子と呼ばれているレオノールは、思いがけないほどまっすぐで優しい人だった。いや、出会ったときから、きっと彼の本質は変わっていない。捕虜にされた不幸な出来事から、笑みを忘れていただけなのだろう。

（わたしが修道院に入ったとわかったら、レオノール様はどう思うかしら……）

彼が逃げた自分に愛想を尽かして、早く忘れてくれたらいい。

けれど、そう思うのと同時に、どうか忘れないでいてほしいという身勝手な感情が湧いてくる。

きっと、彼の新たな婚約者は、自分のような平民ではなく、彼に隠し事のない、高貴な家柄の美しい令嬢だろう。

二人がいるところを想像しただけで、フィリーネの胸は張り裂けそうにずきずきと痛んだ。

矛盾する心に戸惑いを覚えつつも、レオノールがこれから幸せになれるようにと真摯に祈る。

フィリーネは自分の気持ちに無理やり蓋をした。

＊

その日の議会が終わると、レオノールは国王が退室するのを見送ってから、ふたたび着席した。

大臣たちが会釈をして、次々と退室していく。

円卓の間に残ったのは、フランツとオットーだけだ。

「――なにかございましたか？」

そばに寄ってきたオットーに訊ねられ、レオノールは首を横に振った。

「いや、議会のことではないのだが」

今日の議題は各地方からの税の徴収率についてだった。レオノールが現在統括しているのは王都一帯と、それから南西側の丘陵地帯で、官吏によれば税も滞りなく納められている。税率に関しては、上げるべきだという意見と、これ以上は暴動が起こるという反対意見との間で様子見となり、特に紛糾もせず終わった。

「他に心を騒がせるようなことが？」

オットーの背後から近づいてきたフランツが、心配そうに言う。

「ああ。実は、フィリーネのことなのだが……姉上との茶会は和やかに終わったようでなによりだった」

一昨日の姉アマリアとのささやかな茶会を、彼女は楽しかったと言っていた。

姉はすっかりフィリーネが気に入ったようだ。アマリアは嫁入りを機に王都にあるノイマン侯爵家に住まいを移しているが、きっと機会があるごとにフィリーネに会いにくるつもりだろう。

世話焼きで朗らかな姉は、寡黙なレオノールとはあまり性格が合わない。けれど、この国に着いたばかりのフィリーネの相手をしてもらうには最適だ。話題も豊富で意地悪なところもなく、安心して任せられる相手だ。

少々おしゃべりすぎるところが玉に瑕だが、姉なら決して彼女に嫌がることはしないと信用できる。

二人の茶会に同席したフランツが頷く。

「ええ。お二人は意気投合なさっているようでした」

「ならばいいのだが」

レオノールが言葉を選んでいると、隣の椅子に腰を下ろしたオットーが訊ねてきた。

「さあ、気がかりを我々に話してください」

フランツも、オットーの向こう側の椅子に座り、聞く態勢を取る。

「気になるのは、フィリーネに元気がないことだ」

「まだ我が国に着いて間もないですし、疲れが溜まっておられるのでは？」

オットーの意見に、フランツも頷く。

「大陸の中でも、北方のアレンブルグと南東側に位置する我が国とでは、気候もかなり異なります。食べ物や飲み物なども……なにか、合わないものがあるのかもしれません」

「私もそう思い、料理番には、使用人を通じてフィリーネの好みのものを用意するように伝えてある。だが、何度か確認させたが、食べ物の指定は届かないらしい。本人にも訊ねたが、特に希望はないらしく、料理番に毎食美味しい食事を作ってくれる礼を伝えてほしいと言われるのみだった。彼女は、力を失ってから、王に虐げられて酷い暮らしを送っていたらしい。食の好みなど考えていられないくらいの状況だったのかもしれないな」

それを聞くと、二人は沈痛な面持ちを浮かべた。

食べ物以外に、どのようなものでも彼女の希望通りに用意させるようにと、使用人には命じてある。

それなのに、フィリーネはなにも願いを言ってはくれないのだ。

「困りましたね。まあ、占拠した砦と引き換えにお連れしたことで、本来であれば、なかなかお心を開いていただけないのも無理はないかと思いますが。今はレオノール様とご婚約されたわけですし、控えめな方のようですから、遠慮なさっているのでしょうか」

困り顔のオットーが腕組みをして言う。

レオノールは小さく息を吐いて頷いた。

「……どうも、彼女はなにか私に言えないことがある。そのことで、苦しんでいるような気がするんだ」

どのような悩みであっても、打ち明けてくれたら力になるつもりでいるのに。

「強引に婚約話を進めてしまったから、フィリーネがまだ戸惑っていることもわかっている。だが、後悔はしていない。あの国に帰らせる以上に最悪なことはないのだからな」

レオノールの言葉に、アレンブルグの王の人柄を知る二人は頷いた。

「心を開いてもらうのに時間がかかることは覚悟している。だが、悩み事を抱えたままでは、きっと彼女自身が苦しいと思うのだ。打ち明けてもらうにはどうしたらいいか」

臣下からの信頼を得る方法はわかるけれど、女性の心を解く方法は、軍務と政務に明け暮れ、男ばかりの中で暮らしてきたレオノールにはさっぱりわからない。

その点、フランツは既婚者だし、オットーはあちこちの令嬢と浮名を流していて、王立軍きっての色男として名高い。

「まずはフィリーネ様の信頼を得るしかないでしょうね」とオットーが言った。

「打ち明けても大丈夫な相手であると信用してもらえれば、女性は向こうから勝手に悩みを話し始めるものです」

「信頼か……」

「ですが、まだ身を固めていない私が言ってもなんでしょう。王女殿下を射止めたフランツはどうだ？」

独身時代は社交界の花と謳われていた姉を娶ったフランツに目を向ける。彼は結婚前から姉の信頼を得ている。結婚後は、どちらかといえば姉のほうが首ったけのようだ。

「そうですね……」

フランツは言葉を選ぶように目を伏せる。少ししてから視線を上げると、口を開いた。

「殿下ご自身は、フィリーネ様に対して心を開いていらっしゃいますか？」

「私か？」

「ええ。お相手から信頼を求めるのなら、まずはこちらから、正直な想いを伝えることがなにより重要ではないかと私は考えます。伝わっている、と思っていても、女性にはこちらの気持ちが伝わっていないことがほとんどですから」

「さすが、王女殿下との結婚生活が順調な男は違うな、フランツ」

オットーが感心したように言う。

「からかうな」とフランツは眉を顰めてから、レオノールに向き直った。

「違う人間同士、気持ちはわかりやすく、何度伝えたっていいのです。私は何年もの間幼馴染み扱いしかされませんでしたが、妻に男として見てもらえるまで、恥ずかしながら、数え切れないほどの手紙を送りました」

フランツが照れくさそうに言う。それは、初めて聞く話だ。

「ああ……私も、真に意中のお相手には、何度会いに行ったことか。数々の贈り物をして、恥ずかしいほど正直な胸の内を吐露したことで、やっと射止められたことを思い出すよ」

オットーが遠い目をして打ち明ける。

いまだ結婚していないところをみると、それは過去に過ぎ去った切ない恋の思い出なのかもしれない。

オットーもフランツも、それぞれ高貴な家柄の生まれだ。しかも、王立軍の中では高い階級につき、容姿も優れている。独身であれば、社交界において貴族の令嬢たちの注目の的となる存在だ。

そんな二人でさえ、必死に努力をした上で想い人の心を得ている。そのことを、色恋沙汰にも社交界の事情からも距離を置いてきたレオノールは、初めて知った。

（正直に……こちらから、心を開く……）

口の中で繰り返す。

確かに、自分はフィリーネを苦境から救いたい、恩義を返したいという気持ちを押しつけるばかりだった。それでは、彼女が悩みを打ち明けてくれないのも当然だ。

「ありがとう、二人とも。大変参考になった」

口の端を上げて言うと、二人が微笑んで頷く。

議会の間の扉がノックされ、そちらに目を向ける。

応答すると、入ってきたのはオットーの従者だ。なぜか彼は強張った顔をしている。

「何事だ？」

「お話し中のところに申し訳ありません。実は、ある商人が『見てもらいたいものがある』と言って、宮殿を訪ねてきているのです。王太子殿下のお耳に入れておくべきかと」

「レオノール様に？　見せたいとは、いったいどのようなものだ？」

オットーが怪訝そうに問い質す。

「中に入って説明を」

ふいに悪い予感がして、レオノールは命じる。詳しい話を聞くべく、従者を中に招いた。

＊

アマリアと約束した日の前夜、フィリーネはメリッサたちが下がってから、ハンナを呼んだ。

「ハンナ、驚かないでちょうだい。実はわたし、明日、修道院に入ろうと思うの」

国から連れてきたハンナだけには、密かに修道院入りの計画を打ち明けておかねばと思ったのだ。

フィリーネがいなくなったら、一緒に来た彼女はバルディークの宮殿には居づらくなるだろう。

その前に、方法があるならアレンブルグに戻ったほうがいいのではないかと思ったからだ。彼女には実家があると聞いている。ならば、本当は自分について異国になど来たくはなかっただろう。

だが、真剣な顔で聞いていたハンナは「でしたら、私も一緒に修道院に入ります」と言い出して、フィリーネを仰天させた。

「同行するよう命じられたときから、覚悟は決めていました。もったいないことだとは思いますが、王太子殿下からの求婚に戸惑っていらっしゃったことも知っています。フィリーネ様が修道女になられるのなら、お一人では行かせられません」

あなたまで修道女になる必要はないと説得したけれど、ハンナの意志は固かった。初めは困惑したけれど、荷物を纏めるハンナを見て本気だとわかり、フィリーネも腹をくるしかなかった。

――そして、約束の日がきた。

アマリアは密かに離宮まで、迎えの馬車でやってきてくれた。

使用人を一人帯同してもいいかと訊ねると、彼女は快く了承してくれた。ハンナとアマリアの侍女は、後続の馬車に乗り込む。

「寄付の品物が思いのほか多くなってしまったので、二台で来たの。ちょうどよかったわ」

アマリアはにこにこしている。

今日の彼女は、修道院への奉仕活動のためだろう、一昨日とは打って変わって落ち着いた色のドレスに、髪を纏めてボンネットを被っている。

フィリーネも衣装部屋にある中から一番地味なドレスを選んできた。

馬車は目立たないよう宮殿の裏門から出る。

アマリアと雑談をしているうち、馬車は進み、王都の街の中に立つ修道院の前で停まった。

見上げると、薄曇りの空を背にした飾り気のない石造りの建物は、てっぺんに鐘楼が見える。由緒ある建物のようで全体的に古めかしい造りが、祖国の教会を思い出させた。

フィリーネは修道院の門を見つめて、気を引き締めた。

(どうか、無事に受け入れてもらえますように……)

「こんにちは。寄付の品を持参したの。修道院長にノイマン侯爵夫人が来たと伝えてもらえるかしら？　こちらは、ええとお友達のフィリーネ様よ」

アマリアが応対のために出てきた修道女たちに声をかける。フィリーネが王太子の婚約者であることは伏せてもらうよう頼んでおいたので、名前で紹介してくれてホッとした。

ハンナたちも馬車から降りてきて、修道女たちに寄付のための荷物を運び入れてもらうように頼んでいる。王太子に無断で出てきたため、ハンナもおそらくは緊張しているのだろう、今日は珍しく表情が強張っているように見えた。

「ご厚意に感謝します。さあどうぞ、中でお待ちください」

修道女に促されて見ると、門の奥には礼拝堂があり、その奥に広い庭が見える。

更にその奥にある建物が、おそらく修道女たちが暮らす寮だろう。

礼拝堂までは聖職者の男も入れる場所だが、それ以外は男子禁制だ。門をくぐれば、必要な職務のために招かれた者以外、男が足を踏み入れることは許されない。

(この中に入りさえすれば……)

緊張の面持ちで一歩を踏み出すと、アマリアが気遣うように声をかけてきた。

「どうしたの？　フィリーネ様、なんだか少し顔色が悪いみたい」

「少し、馬車に酔ってしまったようで……でも、大丈夫です」

誤魔化すように言うと、彼女がそばに寄って背中を擦ってくれた。

「裏道は舗装が悪いところがあるから、少し揺れたものね。中に入ったら、修道院長に熱いお茶をお願いしましょう。ここは畑でハーブを育てているから、自家製のお茶がとても美味しいのよ。きっと気分も良くなるわ」

アマリアの優しさが身に染みる。彼女に促されて、いざ、フィリーネが門の中に入ろうとしたときだった。

どこからか地響きがして、次いで馬が駆けてくる蹄(ひづめ)の音が聞こえてきた。

見ると、数頭の騎馬が猛然とこちらに向かってくる。

（まさか……あれは……）

その先頭を走る馬に乗っているのが、マントを翻したレオノールだと気づき、フィリーネの頭から血の気が引いた。

「あら……レオノールじゃないの？　あんなに急いでどうかしたのかしら」

同じように気づいたアマリアが不思議そうに首を傾げる。

あっという間に駆けてくると、彼の馬は門の前で停止した。その少しあとから、フランツとオットーの馬も追いかけてくる。

誰の顔にも笑みはない。とりわけレオノールの表情は、これまで見た中でもっとも険しいものだった。

とっさに門の中に逃げ込んでしまいたくなったが、彼の碧い目に射竦められると、足が動かなくなる。ハンナも動けないようで、その場に立ち尽くしている。

愛馬を下りた彼が、大股でこちらに近づいてきた。

「姉上、フィリーネ」

「びっくりしたわ。フランツたちまで……いったいなにがあったの？」

訊ねたアマリアに「あとで話す。フランツ、姉上を頼む」と言って、レオノールはフィリーネの目の前までやってきた。

「……話はあとだ。ともかく宮殿に戻ろう」

手を差し出されたが、いつものように取ることができない。

（……どこまで知られてしまったのかしら……）

密かに修道院にやってきたのは、寄付のためだと思われているなら、勝手をしてごめんなさいと謝ってともかく今は戻ればいい。

――だが、もし本当の計画を知られたとしたら。

うつむいて身を強張らせているフィリーネの前で、彼がなぜか深く息を吐く。

自らの懐に手を差し入れると、レオノールがなにか取り出した。

「これは、君の使用人であるハンナが、アレンブルグに送ろうとしていた手紙だ」

それは昨日、ハンナに託したはずの王とローゼへの手紙だった。

「な、なぜ、それをレオノール様が……？」

「商人のほうから知らせがきたんだ。『アレンブルグ王国への手紙を預かった』と。君の使用人を調べさせたわけではない。アレンブルグとのやりとりは、両国間がこういう状態になってからすべて確認させているから」

フィリーネは愕然とした。だが、たとえ彼に読まれたところで、後ろめたいようなことはなに一つ書いてはいないはずだ。

ふと、彼が持っている手紙は、自分が書いた二通以外にもう一通あることに気づく。

「すまないが、中を確認させてもらった。君が書いた手紙には特に不審な点はなかった。だが、使用人のハンナが書いた報告の手紙を読む限り……彼女は、フリードリヒ王の密偵のようだな」

「え……そんな、まさか、あり得ません」

思いがけない言葉に、フィリーネは慌ててハンナを見る。

皆の視線を受けたハンナは、真っ青になった顔でその場に膝を突く。

「ち、違うんです！　どうか、話を聞いてください」

「まあ、今日はなんて日なのかしら……」

夫に縋りながらも、困惑気味なアマリアの囁きが聞こえてくる。

——本当に、いったいどういうことなのか。

意を決してやってきたものの、修道院入りどころではなくなってしまった。

フィリーネは目の前に立つ険しい表情のレオノールと、涙ながらに頭を下げるハンナを呆然と見つめた。

＊　第七章　暴かれた密命　＊

宮殿に戻ると、離宮ではなく、なぜかレオノールの部屋に連れていかれた。

二度と戻ることはなかったはずの宮殿の中、初めて入った彼の部屋は、宮殿の左翼にあった。

豪奢な設えの居間に通され、「少し待っていてくれ」と言い置いてレオノールはどこかに行ってしまった。フィリーネは広い部屋の中で、ソファに腰を下ろすと、落ち着かない気持ちで彼の戻りを待った。

見知らぬ使用人が茶を運んできて、すぐに去ってしまう。扉が開いたとき、その前に軍人が立っているのが見えた。おそらく、フィリーネが逃げないよう監視しているのだろう。密かに外出した今日の行動を考えれば、レオノールに信用してもらえないのも当然だ。

（ハンナは大丈夫かしら……）

彼女には決して手荒な真似はしないと約束してもらった上で、オットーに託し、別の馬車に分かれて宮殿に戻った。それからまだ会えていないので、フィリーネは彼女に事情を聞けていない。

オットーは約束を守ってくれると思うけれど、ハンナがレオノールの言葉を否定しつつも、酷く動揺していたのが気にかかった。

アマリアは、修道院長に挨拶をして騒ぎの詫びをすると言い、フランツが残って付き添うことになった。巻き込んでしまった彼女には、あとで詫びの手紙を送らねばならない。

どのくらい待っただろうか。ノックのあと、扉が開いてレオノールが戻ってきた。

「フィリーネと話をする。しばらく誰も近づけるな」

見張りの軍人に命じて、彼は扉を閉める。二人だけになると、レオノールはまっすぐに部屋の突き当たりまで進み、なぜか窓を背にして立った。

距離を置いて、彼がこちらを見つめていることがわかる。

沈黙が痛くて、うつむいていたフィリーネは、思い切って顔を上げた。

目が合うと、険しい表情のまま腕組みをしたレオノールが口を開いた。

「……今、ハンナに話を聞いてきたが……彼女は君の味方だと訴えている。私はその言葉は信じるに値すると思う」

「ほ、本当ですか？」

フィリーネは思わず目を輝かせた。

「ああ。改めて話の裏取りをして、もう少し詳しく事情を聞く必要はあるが、不審な点が見つからなければ、君の側仕えに戻すことも考えよう」

その言葉にフィリーネは、深く息を吐いた。ハンナは罰されずに済むようだ。

——先ほど、この部屋を出ていったレオノールは、小部屋に通したハンナを厳しく追及したと話してくれた。

彼女が祖国に送ろうとしていた手紙。

それは、王宛ての密かな報告書だったのだ。

ハンナの報告書には、バルディーク王国に着いたあとも聖女には奇跡の力が戻っていないこと、そして、この国の王族の警護は相当に強固で、あちこちに軍人がいる、聖女は自由に行動することを許されていない、という状況が綴られていた。

聖女が王太子に求婚されていることや、毎日のように離宮まで王太子が会いにきていることなど、フィリーネにとって不利になるようなことは、すべて伏せられていた。

秘密の報告書を突きつけられたハンナは、涙ながらに説明した。

元々フリードリヒ王の使用人だった彼女は、ある日突然、王の側近から、バルディーク王国に行く聖女の供を命じられた。

『できるだけ聖女の旅が不快なものになるようにしろ。王太子に会う前に、服を汚したり靴を隠したりと、まともな姿で会えないようにしてやれ』

自分が欲しがったのが聖女などではなく、ただの下女だということを王太子に思い知らせるのだ、というのが、王からの命令だった。

悪辣な王の命じそうなことだ、とフィリーネは内心で呆れた。

そして、フィリーネにとってもっとも衝撃だったのは、ハンナもまた、自分とは別の密命を帯びていたことだった。

『もしも聖女がアレンブルグにわずかでも不利益な行動をとったなら、毒を盛って殺せ。これは王命である』

決して他者に漏らすことなく、確実に実行するように。でないとどうなるか、わかるな？

――と。

『国に病気の弟がいて、薬代がかかり……王の命令には、どうしても背くことができなかったのです』と、ハンナから涙ながらに謝罪された、とレオノールから聞き、フィリーネは少しも彼女を責める気にはなれなかった。

なぜなら、自分も彼女とまったく同じように、教会や孤児院の皆の命と引き換えに、王太子の命を狙うように命じられてきたのだから。

しかも、いまだに王太子には本当のことを打ち明けられずにいる。

（ハンナより、わたしのほうが、よほど罪が重いわ……）

重苦しい胸元を手で押さえたとき、ふいにレオノールが口を開いた。

「それから……君が、ハンナが王の密偵だったとは知らなかったというのも、信じよう」

予想外の言葉に、フィリーネは目を瞬いた。

「ハンナは、国を出発して間もなく、君からこっそり銀貨を渡され『逃げていい』と言われたことに胸を打たれたと言っていた。それ以来、できる限りのことをして君に尽くそうと思ったのだと」

ハンナがそんなことを思っていたと知り、フィリーネの目が潤んだ。

「彼女の心を変えたのは、君自身の行いだ。そして、二人ともがフリードリヒ王に抑えつけられてきた。どちらにも罪はない」

彼の言葉を聞いているうち、罪の重さに耐えられなくなって、フィリーネは口を開いた。

「レオノール様……もう、お気づきなのではないですか？」

「なんのことだ？」

「ハンナが監視するよう命じられたのは……わたしもまた、王から密命を帯びてきたからです」

「だが、君はそれを実行していない」

レオノールは表情一つ変えずに答える。

──やはり、彼はすでに気づいていたのだ。

「……君がなにか、私に言えない秘密を抱えているのには気づいていた」

レオノールの言葉に体がびくっとなった。

「時間がかかっても、いつか打ち明けてくれればいいと思っていた……だが、それは間違いだったようだ」

怯えて彷徨わせたフィリーネの目が、彼の真摯な目とぶつかる。

「どうか、君の心を重くしていることを私にも話してくれないか。君の苦しみをすべて取り除いてやりたい」

フィリーネの頭に、いつもお腹を空かせている孤児院の子供たち、必死に教会で奉仕する神官たちの姿が思い浮かぶ。ローゼ、ヨハン、他にもよくしてくれた人はたくさんいる。

彼らに迫りつつある危険を思うと、恐ろしくて言葉が出てこない。

ふいにレオノールがフィリーネの手を取り、指を絡めてぎゅっと握り締めた。

「フィリーネ、どうして『助けて』と言ってくれないんだ。フリードリヒ王を恐れていることはわかる。ならば、一言でいい、私に助けを求めてくれたら、どのようなことでもすべての力を使って手を尽くす」

もどかしそうに訴える彼の目が、自分を信じろと告げてくる。

レオノールの誠実な言葉が、恐怖で凍りついたフィリーネの心を溶かしていく。

なぜ、勇気を出して、彼に真実を打ち明けることができなかったのだろうと、フィリーネは愚かな自分を叱咤した。

「レオノール様、申し訳ありません、実は、わたし……」

震えそうな声で打ち明け始める。

フィリーネは、フリードリヒ王から人質を取られ、脅されていることをすべて彼に話した。渡された十字架の毒を使ってレオノールの暗殺命令を実行しなければ、孤児院と教会の神官たち、祖国で自分に関わってきたすべての人たちの命が危ない。

そのため、最後の手段として、修道院に入り、自分が死んだという偽りをアレンブルグの王に伝えてもらうしかなかったのだ、と。

フィリーネは首の詰まった服の中にかけていた十字架を引き出す。チェーンを首から外して、震える手でテーブルの上にそっと置いた。

「これは、君がいつもつけているものだな」

「……フリードリヒ王から渡されたものです。真ん中の宝石を押すと、十字架の下部から針が飛び出して、猛毒の液体が出るようになっています」

近づいてきた彼がそれを手に取ろうとする。

「触ってはいけません！　万が一のことがあったらどうするのですか⁉」

フィリーネは慌てて彼の手を止めた。とっさにレオノールの手を握ってしまったことに気づき、急いで離す。

「……な、なぜ、笑っていらっしゃるのですか？　わたしにお怒りではないのですか？」

胸元で手を握り込みながら、訊ねる声は震えてしまった。目の前にゆっくりと跪いたレオノールが、微笑みながら顔を覗き込んでくる。

「怒るもなにも……どんな命令を受けていたとしても、君から殺意を感じたことはない。今だって、私が十字架に触れようとするのすら必死で止めたくらいだ」

彼の声は、何事も起きなかったかのように落ち着いていた。

「機会は何度だってあったはずなのに、ただの一度も命を狙われてはいない。それどころか、君は私との婚約を拒もうと必死だった……いったいどこに、君を糾弾する点があるんだ？」

渡されたとはいえ、フィリーネは毒入りの十字架を彼の国に持ち込んでしまった。しかも、そのことを告白できず、誰かが間違って手にしたらと思うと、安易に捨てることもできずにいたのだ。

フィリーネに罪がないわけはない。それなのに、本当に、この人は自分を許してくれるつもりなのか。

そのときにようやくわかった。どうして、彼のそばに留まり続けることがあんなにも辛かったのか。

恐ろしい密命を帯びた身であることを、レオノールにだけは知られたくなかった。

彼に嫌われることが怖かったのだ――レオノールの優しい人柄に触れるうち、いつしか彼のことを、愛してしまっていたから。

ぽろぽろと涙が溢れてきて、止まらなくなった。フィリーネの目から零れる雫を彼は指先で丁寧に拭い、両方の目元に口付けてくる。

それでもまだ止まらない涙を、懐から取り出したハンカチで優しく拭ってくれた。

「ハンナが脅迫されていたのだから、君が脅されていないわけはないと思っていた」

レオノールはふいに苦い顔になって言う。

「教会や、孤児院の皆だけではないのです。アレンブルグの民は……王のもとで苦しんでいます」

震える声で言うと、彼がぐいと背中に腕を回してフィリーネを胸に抱き寄せた。

「わかっている。君に求婚した以上、君の祖国のことも放っておくつもりはない」

決意を秘めたように言い切ってから、しばし彼は黙った。

「……明日、軍部の会議がある。そこで議題に上げて、王にアレンブルグの状況を話そう」

「ああ、レオノール様……！　ありがとうございます」

感激に打ち震えていると、レオノールが目を細めた。

「君の心残りをないがしろにはしない。自国のことではないし、距離もあるから時間はかかるかもしれないが、これは急務だ。君の祖国を救う努力をすると誓う。その代わり、君自身は決してアレンブルグに戻ってはならない。君を奪われたら、私は身動きがとれなくなるから」

ともかく、私を信じて、任せてほしい、と言われて、フィリーネは何度も頷いた。

闇雲に動き出さない彼は誠実だと思った。これまで、長い間虐げられながらも、自分にはどうすることもできなかったことだ。一縷の望みを見出せただけでも、感謝で胸がいっぱいになる。

そして、レオノールは実際にできる限りのことをしてくれるはずだと、フィリーネはすでに確信していた。

「君がこれまで、私に悩みを打ち明けられなかったのは……きっと、私自身のせいだな」

「レオノール様の、せい……？」

ハンカチを受け取って、自分で涙を拭いながら、フィリーネは首を傾げた。

「そうだ。私自身が、君に心を開いてもらえるような行動をとってこなかった。フランツたちに言われたのだ。君に心を開いてほしければ、まず自分から心を開け、と」

自嘲するように小さく笑ってから、レオノールは打ち明け始めた。

「私は……昔助けられてから、ずっと君のことが忘れられなかった。国交が断絶しているアレンブルグから情報を集め続けて、奇跡の力を失った君が酷い状況に置かれているらしいと知ってからは、生きた心地がしなかった」

そのときのことを思い出しているのか、彼は美しい顔を苦しげに歪めた。

「トゥルペの砦を落とし、交換条件に賠償金でも国土でもなく、『アレンブルグの聖女を』

と求めたときに、なぜこんなにも君という人に執着しているのか、自分自身の気持ちをやっと自覚した」

彼は自らの心の中を確かめるように、ゆっくりと伝えてくる。

「再会してからは、君を守りたいという思いと、あの王のもとには帰せないという決意だけで頭がいっぱいで、肝心なことを伝え損ねていたな……だから、君をずいぶんと混乱させてしまった」

レオノールがそっとフィリーネの手を取った。

視線を上げると、彼の碧い目は怖いくらいまっすぐにフィリーネに向けられている。レオノールがなにを言おうとしているのかと思うと、緊張で胸の鼓動が速くなった。

「再会できるまでの間も、ずっと君の無事を祈っていた。そして、再会が叶ったあとは、君から目が離せず、昼も夜も気になって仕方なく、夢にまで君を想う日々を重ねてきた。私は、君に安全なところにいてほしい。幸せで満たされ、足りないものはなにもない状態で、穏やかに暮らしてもらいたいんだ」

自分を射貫く彼の目が熱を帯びる。

「これは、過去の恩義のためだけではない。もちろん、感謝の気持ちはずっと変わらない。けれど、この気持ちは、それだけでは到底説明がつけられないものだ」

レオノールが包んだ手をぎゅっと強く握ってくる。大きな手に、逃がさないというように握り締められて、フィリーネの心臓がどくんと強く鼓動を打った。

「フィリーネ、私は、昔助けてくれた君に初めての恋をした。それからずっと君のことが忘れられず、十二年経ってようやく再会し、君がどんな人かをよく知って、改めて……本気の恋に落ちた」

一気に顔が熱くなり、フィリーネは狼狽えた。

「で、では、レオノール様が心に決めた方というのは……」

彼がかすかに照れたように目を細めて頷く。

「そうだ。君のことだよ。最初は、面倒な見合いを拒む建前のつもりだったが……なぜかいつも、その話をするとき、君のことが思い浮かんでいた。私は他の誰でもなく、君に恋をしていたからだ」

――彼の想い人は、本当に自分だった。

フィリーネの胸の鼓動が高鳴り始める。痛いくらいに心臓のあたりがどきどきして、胸が苦しくなった。

「……わたしは、奇跡の力を失ってしまいました」

「構わない。君はこれまでに多くの民を救った。きっとすでに一生分の奇跡を起こしたんだ」

「それに、平民の生まれです」

「私の母方の祖母も平民の出だった」

あっさりと言われてフィリーネは驚いた。

レオノールの父方の祖母が、アレンブルグ王家の姫君だったことは知っている。だが、母方の祖母が平民出身だというのは初めて聞いた。

「身分などささいなことだ。君と結婚する上での障害にはならない」

気にかかっていたことを口にしたけれど、彼にはすでに迷いはないようだった。

「我が国への旅の間、君は朝も晩も、食事の前だけではなく熱心に祈りを捧げていた。奇跡の力を失う前となに一つ変わらずに。そして、私にもオットーたちにも、一兵卒にも厩(うまや)番であっても、同じように優しく丁重に接していた」

彼は旅の間、ずいぶんとよくフィリーネのことを見ていたようだ。

「アレンブルグの王に命じられ、嫌がらせをすべく同行していた使用人までもが心を入れ替え、君に忠誠を誓ってしまうほどだ。君がどんな人なのかはもうよくわかっている。もし、君を手放したりしたら、私はこれから先の人生をずっと後悔し続けなくてはならない」

彼は握ったフィリーネの手を口元に持っていくと、甲に唇を触れさせながらこちらに視線を向けた。

「信じられなければ、信じてもらえるまで何度でも言おう」

そう言ってから、また彼はフィリーネの手の甲に口付けを落とす。

「私は、たまらないほど君に夢中だ。君を心の底から愛している」

レオノールの碧い目が、眩暈がしそうなほどの熱を持ってフィリーネを射貫く。

「誠実と真心を捧げ、妃は生涯君だけだと誓う。だから、どうか私と結婚してほしい」

繰り返し手の甲に熱を込めたキスをされて、フィリーネはぶるっと身震いをした。

「これで、君の悩み事はすべてか?」と訊ねられて、こくりと頷く。

心にずっしりと重く伸しかかっていたものが、すべて消えていくのを感じる。

驚くべきことに、彼はフィリーネが抱えていた解消できるはずもないと思っていた悩みを、あっという間に軽くしてしまった。

レオノールが、ホッとしたように頬を緩め、フィリーネを抱き締める。

見つめてくる彼は、これまでで一番嬉しそうな笑みを浮かべている。

驚きで、フィリーネが目を瞠ったことに気づいたのだろう、レオノールは少し照れたように言った。

「私は『氷の王太子』と呼ばれていた。どんなに望んでも君に会えない長い日々に焦れて、次第に笑みを忘れたが……こうして再会できたことで、また笑えるようになった」

「レオノール様……」

捕虜になったことで笑顔を失った彼が、自分との再会でふたたび笑みを取り戻したなら、こんなに嬉しいことはない。

感動で胸がいっぱいになったフィリーネの額に口付け、レオノールが囁いた。

「君を連れて行きたいところがあるんだ」

そう言ってゆっくり身を離すと、彼はフィリーネの手を引いた。


王太子の部屋の中にある隠し扉を通って、二人は秘密の通路に入った。

燭台を手にしたレオノールに手を引かれ、フィリーネはおそるおそる長くて細い通路を進んだ。

ここは戦時に造られた、王族が密かに逃げるための通路らしい。

着いた先には、木造りの扉があった。その奥には、人が数人入ればいっぱいになるようなささやかな空間がぽっかりと開いている。

「ここは……」

連れて来られたのは、石造りの壁に囲まれた、小さくて簡素な造りの礼拝堂だった。

「我が一族のための礼拝堂だ」

突き当たりのくぼみに聖像が据えられたのみの静謐な空間に、レオノールが燭台から置かれていたいくつかの蠟燭に明かりを移していく。

「……君は、すぐに私から離れてどこかに行こうとする。だが、神に仕えてきた身だから、ここで誓えばもう逃げようとは思わないだろう。もちろん、正式な場での結婚式や披露の宴は改めて行うが、今すぐに神に誓いを立てたい」

そう言うと、彼はフィリーネの前に立った。

「今夜、君を私のものにしたいんだ」

真摯な眼差しを向け、彼が囁く。レオノールがなにをしようとしているのかにやっと気づき、フィリーネは小さく息を呑む。みるみるうちに顔が熱くなっていく。

彼は、今ここで、結婚の誓いを立てようとしているのだ――今夜、フィリーネを抱くために。

蠟燭の明かりが煌めく中、レオノールがゆっくりと聖像の前で片方の膝を突いた。

「我、レオノール・アレクサンダー・フォン・バルディークは、聖女フィリーネを生涯支え、慈しみ、死が二人を分かつまで、愛し続けることを誓う」

彼は立ち尽くしているフィリーネの手を取り、真摯な目で見つめてきた。

「フィリーネ……私と結婚して、妻になり、生涯をともにしてほしい」

まっすぐな目で射貫かれて、呼吸が止まりそうになる。

少しずつ、彼に傾いていく心を必死で抑え込んできた。

自分にはその資格がない、と。

けれど、レオノールは密命を帯びたフィリーネの罪を許し、胸を押し潰すような苦しみ

をともに背負ってくれた。

彼が祖国の皆を救ってくれると信じられる。

もう、膨らんでいく彼への想いから目を背ける必要はないのだ。

小さな礼拝堂の中はひんやりしているのに、握られた手も、見つめてくる彼の視線も熱くてたまらない。

頭がぼうっとなって、この現実が夢ではないかと疑いたくなった。

「フィリーネ、大丈夫か？」

ふらつきそうになったフィリーネを、立ち上がった彼が慌てて支えてくれる。

「だ、大丈夫です。わたし……まるで夢を見ているみたいで、まだ信じられなくて……」

「夢ではないよ。可愛い私のフィリーネ」

フィリーネの手を包み込むと、彼が額にキスをしてくる。

――恋をした彼の妻になれる。これから先もずっと、レオノールと一緒に生きていけるのだ。

大国の王太子妃になることに迷いがないわけではない。けれど、きっと彼と一緒ならどんなことも乗り越えられるはずだ。

涙ぐんだフィリーネは、はい、と厳かな気持ちで頷いた。

どうやって通路を戻ったのだろう。

足も頭もふわふわしたまま、フィリーネはレオノールの部屋にいた。

隠し扉を元に戻す時間も惜しいというように、待ちかねた彼の腕に引き寄せられて、きつく抱き締められる。

「んん……ぅ、んっ」

性急に唇を塞がれる。項に手を回されて逃げられず、唇を割って入ってきた厚い彼の舌に咥内を蹂躙される。

積年の想いをぶつけるような濃密な口付けに、フィリーネは息もまともに吐けないほど溺れた。

「ああ、フィリーネ……やっと、君に触れられる」

感極まったように頬ずりをされたかと思うと、横抱きに抱え上げられる。

連れていかれた続き部屋は、彼の寝室だった。

すでに日が暮れて部屋の中は暗くなっている。本来なら、使用人が明かりを灯しにくるところだろうが、彼が人払いをしたので誰も中に入ってはこない。

天蓋付きの寝台の上にフィリーネをそっと下ろすと、レオノールが枕元にある燭台に火を灯す。

枕元に積んだクッションに背をもたれさせたフィリーネの目に、ほんのりとあたりが照らし出されるのが映った。

伸しかかってきた彼が、ふいに動きを止めて訊ねてきた。

「……本当に、私のものにしていいのだな？」

端整な顔に真剣な表情を浮かべた彼が、じっとフィリーネを見つめている。

富でも人でも、彼が望めば、大陸のあらゆるものを手に入れられるだろう。それなのに、レオノールは切実にフィリーネを求め、どこか不安そうに訊ねてくるのだ。

なんて誠実な人なのだろう。

言葉が出なくて、フィリーネはこくりと頷いた。

彼がホッとしたようにフィリーネの両手を握り、指先に口付けを繰り返す。

身を倒してフィリーネの唇を啄みながら、その手がドレスの背後に回った。器用な彼の手に編み上げのリボンを緩められ、胸元に手が差し込まれる。

荒い息を吐く彼の唇が、フィリーネの首筋から胸元へと下りていく。

くすぐったさに身を竦めると、ドレスと下着を引き下ろされて、硬くて大きな掌でむき出しの柔らかな胸を揉みしだかれてしまう。

「まだ、私がつけた痕が残っているな」

嬉しそうに呟いて、レオノールが一昨日大広間で自らがつけた吸い痕に、また唇を這わせてきた。

「君の肌は極上の手触りだな……体中を吸って、全身に私の痕をつけてしまいたい」

「あ、はぁっ、あ……っ」

冷ややかに見えるほどの美貌を持つ彼が、欲情を滲ませた目をして、すくい上げたフィリーネの胸の膨らみに吸いつく。ぴりりとした刺激が走って、また痕を上書きされたことがわかった。

「……こうして君に触れているだけで、天国に行けそうだ」

ため息交じりに言って、レオノールが掌で味わうみたいにゆっくりと二つの膨らみを撫で回す。

「あぁ……」

次第に淡い色の乳首がつんと尖り、彼の掌を押し返してしまう。

「可愛らしいここが、私に触れてほしいと言っているようだ」

笑みを含んだ声で囁くと、彼の指が乳首を丹念に弄り始めた。

「ひっ、あ、あう……っ」

コリコリと硬くなったフィリーネの胸の先端を、硬い雄の指先でやんわりと押し潰される。円を描くように捏ねられたかと思うと、軽く摘まれる。背筋が痺れたような感触に、フィリーネは思わず仰け反った。

「や、あっ、あぁ……んっ、や……っ、レオノールさま……っ」

恥ずかしい声がどうしても止められず、弄られるたびに喘いでしまう自分が信じられない。

羞恥に身悶えながら、反射的に胸を隠そうとすると、手を摑まれてやんわりと敷布の上に押しつけられた。

「隠してはいけない。私は軍務や視察で宮殿を留守にすることも多い。だからせめて、美しい君の姿をこの目に焼きつけておきたいんだ。すべて見せてくれ、愛しいフィリーネ」

せがむように言われては、隠すこともできなくなる。

目を細めてそこを眺めた彼が、二つの膨らみを掌で包み、頂にキスをした。

「っ、ひゃっ、あ……、あっ」

ちゅっと吸い上げられ、唇に挟んだ先端を舌でねろねろといやらしく舐め回される。そうかと思えば、ちゅくちゅくと啜るようにされて、濡れた淫らな感触にフィリーネは身を捩った。

「君の胸は甘いな……美味すぎて、ずっと舐めていたくなるほどだ」

「あ、あっ、……やっ」

かすれた声で言うレオノールの熱い舌が、フィリーネの尖り切った実をつつき、熱心に弄り回す。隠すなと言われたから、あらわになった胸になにをされても、フィリーネは手で覆うことができない。寝台の敷布を摑んで、体を隠さずにいるだけでせいいっぱいだ。

「あ、ん……、は……う」

唇で戯れを与えられている間、もういっぽうの乳首も彼の指に捕らえられ、放っておいてはくれない。

膨らみに押し込めるみたいに捏ねられたかと思うと、きつく摘まれて、きゅんと疼きが腰に走る。弄られているのは胸だけだというのに、甘い刺激が下腹の奥に溜まっていくのだ。

胸から下腹へと、彼の熱い唇が辿っていく。ドレスの裾を捲られて、下着の上から狭間を撫でられた。

ぐちゅりと濡れた感触がして、すでに自分のそこがたっぷりと蜜を滴らせていることがわかる。

「ん、ん……っ、あ……っ」

ぬるぬると確かめるように、硬い指先でそこを撫でられる。布越しの花芯と花弁を擦られて、むず痒い刺激にまたとろりと奥から新たな蜜が溢れ出してしまう。

「すっかりぐしょぐしょだ……まさか、愛らしい君が、こんなに感じやすい体をしているなんて」

驚いたような言葉に、羞恥のあまり泣きそうになる。

「いや……っ」

フィリーネの体がどれだけいやらしいかをわからせるかのように、彼の指が音を立てて狭間を擦り立てる。乳首を唇に挟み、甘嚙みされながら、敏感な花芯を弄られると、全身に強烈な痺れが走った。

「ああ……、は、あ……、レオノールさまぁ……っ」

顔が焼けそうなほど熱くなり、漏れる喘ぎを止められなくなる。感じる場所を暴かれ、すべてを彼の目で見られていることに、フィリーネは泣きたいような羞恥に見舞われた。

いったん手を引いた彼に、脱げかけたドレスと下着を脱がされる。一糸纏わぬ姿にさせられ、まじまじと見つめられる。

必死で自分を戒め、腕で体を隠さずにいると、レオノールがなぜかぶるっと小さく身を震わせた。

「とても綺麗だ……私の花嫁は、なんと美しいのか……」

称賛しながら、彼は感慨深く漏らす。

「再会してから、何度こうすることを夢に見ただろう。だが、夢の中よりも、現実の君は何倍も、何十倍も美しい。これが夢ならば、二度と覚めずにいたいほどだ」

自らの額と胸元を押さえながら、彼は苦しげに言う。急いたように上着を脱ぐレオノールの目元は赤く染まり、気づけば軍服のズボンの前が大きく膨らんでいる。

昂っているのは、自分だけではないようだとわかると、フィリーネの胸に安堵が湧いた。

「そうだ」

シャツの胸元を開けたレオノールが、ふと思い出したように呟いた。

ベッドの横に置かれたテーブルの引き出しを開け、なにかが入った小瓶を取り出す。

なんだろう、と不思議に思っていると、蓋を開けながら彼が説明してくれた。

「先日……君を我が国に連れ帰ったあと、商人が持ってきたものだ。特別に……その、快感を高める香油らしい」

（香油……）

ぼうっとしたまま聞いていると、彼が中身を手に垂らす。それから、なぜかフィリーネの脚を持ち上げて開かせると、狭間にそっと香油を塗りつけてきた。

「きゃっ⁉」

「すまない、冷たかったか。少しだけ我慢してくれ、すぐに温かくなるから」

気遣うように言われて、やっとフィリーネは理解した。

（これ……これは、性行為のときに使うもの……？）

「あの……、あの、レオノールさま」

「なんだ？」

必死に呼びかけると、甘やかすような声で彼が応じる。

「その……すごく濡れていますし、香油は、必要ないのでは……？」

一瞬びくっと肩を揺らして、彼が動きを止める。

「ああ、でも、快感を増す以外にも、痛みを和らげる効果もあるそうなんだ。君は初めてだから、なるべく痛みのないようにしたい」

そう言うと、脚を大きく広げさせられる。信じられないくらい恥ずかしい体勢だが、間に彼の身を挟んでいるため、閉じられない。

「あぅ……、は、あ……っ」

レオノールは何度か香油を足しては、少しずつ指を奥まで含ませていく。中から溢れさせた蜜と、滑りのいい香油のおかげでか、痛みはほとんどなく、恥ずかしいくらい簡単に彼の指を呑み込んでしまう。

「ん、ん……っ」

彼は中の指をそっと曲げたり、ぐるりと回したりする。そのたびに、くちゅっ、ちゅぷっと自分の中が彼の指に吸いつく音がする。

「あ、あ、んんっ」

ふいに、花芯に彼の親指が触れて、体がびくっとなった。

やんわりと擦られただけなのに、中に指を入れられているせいか、びりびりとした強烈な刺激が走る。とっさに腰を捩って逃げようとしたが、大きな手で腰を摑まれて、逆に花芯をじっくりと捏ねられてしまう。

「やっ、いや……っ、そこ、駄目ぇ……っ」

びくんびくんと身を震わせたフィリーネの奥から、またじわっと蜜が溢れ出す。

「……っ、ぅ……っ」

滴りを使ってぬるぬると花芯を撫でられて、声もなく身悶えた。

潤み切った涙目のまま、彼と目が合う。レオノールの目元はいつにないほど赤くなり、明らかに興奮しているとわかる。その表情に気づくと、なぜか腰が疼いて、中にある彼の指をきゅっときつく締め上げてしまう。

「痛くはないか?」と訊かれて、小さく頷く。

ゆっくりと指が抜かれて、フィリーネは甘い息を吐く。

レオノールが手早く自らのシャツを脱ぎ始めた。

軍人らしく、しっかりと鍛え上げられた体は、まるで天の神々をかたどった彫刻のような美しさだ。

彼がズボンの前を開けると、一瞬目を瞠るほど逞しい性器があらわになった。下着から取り出したそこは、血管を浮き立たせ、手で支えてもいないのに上を向いている。

先端が膨らみ、臍につきそうなほど猛り切っているのを見て、フィリーネの背筋は震えた。

（レオノール様のものは、大きすぎるわ……）

まさかこんなに立派だなんて。ぜったいに入らないと怯えながらも、思わずまじまじと凝視してしまう。

「そんなに怯えないでくれ。大丈夫だ、できる限り優しくするから」

苦笑した彼が身を屈めて、唇を啄んできた。

「少し、触ってくれるか？」

頷くと、手を引かれて、そこに触れさせられる。

初めて触れた雄の楔は、火傷しそうなほど熱い。恐々と撫でると、どくどくと脈打つのが掌に伝わってくる。

ぎこちない動きでもそもそと触っているうち、彼が軽く息を詰めたり、下腹に力を込めたりするのがわかる。感じてくれているようだとわかって、胸の先や花芯にきゅんと疼きが走った。

「君の手で触れられるのはまずいな……気持ちが良すぎる」

苦笑しながらため息交じりに言って、彼が労るように唇を重ねてくる。

レオノールはフィリーネの手を握って、そっとそこから離した。

膝裏に手を差し込まれて持ち上げられ、いっそう大きく脚を開かされる。

「君の中に入りたい。すべてを私のものにすることを許してくれるか？」

恐れを感じながらも、フィリーネは彼を見返した。

「レオノール様のものに、してください」

彼が一度、深く口付けてから、指でフィリーネの花弁を開く。硬く滾った先端がぬるりとそこに押し当てられた。

花芯を雄で擦りながら何度か行き来する。じわじわと甘い刺激を与えられたあと、強烈な圧迫感を覚えた。苦しさと鈍い痛みで、息もできなくなる。

「ん……ぁ……っ」

「フィリーネ、深く息を吐いてごらん」

囁かれて、必死でその言葉に従おうとする。狭隘を張り詰めた雄の昂りで押し開かれる。ずぶりと膨らみを呑み込まされると、少しだけ苦しさが和らいだ。

そっと浅く動かされて、強張りが緩んだところを見計らい、少しずつ侵入される。ようやく奥まで呑み込まされたとき、ぽとりとフィリーネの胸元になにかが落ちた。

見上げると、レオノールは眉間にしわを寄せ、額に汗を滲ませている。おそらく、動きたいところを堪えてくれているのだろう。

「辛くはないか？」と訊かれて、ぎこちなく頷く。大事なものに触れるみたいに頬を撫でられ、にわかに彼への愛情で胸がいっぱいになった。

——これで、彼の本当の伴侶になれた。

「フィリーネ？　どうしたんだ」

　心配そうに訊ねてくる彼の手に上から手を重ね、頬ずりをする。レオノールは世界一優しい夫だ。

「いいえ……ただ、嬉しくて」

　唇をかすめた彼の指に口付けて、そっと食む。すると、中を押し広げている彼の肉棒がびくっと震えて硬さを増した。

「傷つけたくなくて堪えているのに、いけない子だ。そんなことをされたら、もう容赦してやれなくなる」

　上ずった声で言って、指を取り戻すと、彼が荒々しく口付けてくる。割り込んできた舌が渇望するようにフィリーネの舌を求める。いやらしく吸われ、甘噛みされて、頭がぼうっとなった。

　同時に、ゆっくりと腰を動かされて、フィリーネは息を呑んだ。

「んっ、ん、ぅっ」

　激しくはせず、ゆるゆると敏感な浅いところを擦り立ててくる。硬く張り詰めた昂りでそうされるたび、喘ぎが漏れてしまう。

　いよいよ堪え切れなくなったのか、口付けを解くと、レオノールは最奥を突き始めた。

「あぁっ、や、あ……っ、だめぇっ」

「なぜ駄目なんだ？　君のここは私のものを嬉しそうに締めつけてくるというのに」

初めてで、確かに苦しさもある。それなのに、肉棒で狭い中を擦り上げられると、信じられないほどの快感が湧き起こった。

されるがままに揺らされているうち、フィリーネの目からぼろぼろと涙が溢れる。

「感じすぎて、怖いのか……？」

「あっ、ひっ！」

労るように囁かれて、あやすみたいにゆっくりと抜き差しされる。そのたびにぐちゅっと音を立てて中から蜜と香油が混じったものが溢れ出す。

「私のものを、狭いここがいっぱいに呑み込んでいる……食いちぎられそうだ」

小さく笑い、繋がった場所を確かめるように、彼の硬い指が辿っていく。

「ああ……なんて可愛いんだ、私のフィリーネ」

興奮した様子の彼に唇を熱っぽく塞がれて、甘く舌を吸われた。

「やぁ……っ、だめ、そこは、いや……っ」

奥をずんずんと突かれながら、指で花芯を強めに擦られる。猛烈な羞恥を感じて、いやいやと首を振った。全身が痺れたみたいになって、フィリーネは泣きながら喘ぐことしかできなくなった。

大きな手で腰を摑まれて、激しく突き上げられる。繋がっている場所から悦びが迸り、肌が触れている場所すべてに感じてしまう。

「フィリーネ……、君の中に出すぞ」

苦しげな囁きを耳に吹き込まれて、最奥をずんと突き上げられる。幾度かそうされたあと、中に大量の熱いものを注がれた。

深く繋がり、硬いものを呑み込まされたまま、彼の腕に抱き締められる。

フィリーネは陶然となって、愛しい伴侶の熱に身を任せた。

＊ 第八章　蘇った奇跡の力 ＊

フィリーネにすべての事情を打ち明けられたあと、レオノールは勢力的に動き始めた。

彼は自国の議会で隣国アレンブルグの詳しい現状を話し、手を尽くして隣国の状況を更に詳細に調査するよう使者に命じた。

毎日国王を含めた大臣たちとアレンブルグに関する打開策を練っている上に、通常の謁見や政務、軍務もある。それなのに、彼はフィリーネとの婚約披露の宴の準備まで進めている。

しかも、仕事の合間に、離宮までフィリーネに毎日会いに来てくれる。

フィリーネは彼が忙しすぎるのではないかと心配だった。その理由の半分ほどは自分がした頼み事のせいなのだから尚更だ。

どうか無理をしないでほしいと頼んだら『来るなとは言わないでくれ。君に会うことが私のなによりの元気のもとなのだから』と言われて、いっそう彼が愛しくなる。

レオノールに熱烈に愛されて、フィリーネは日々、幸福を噛み締めていた。

そんな中で、ある日「父が会いたいと言っている」とレオノールが言い出した。

いつもより念入りに身支度をしたフィリーネは、彼に連れられて宮殿に向かう。

目的の場所は彼の父の私室――つまり、国王陛下の部屋だ。

バルディーク王国の現国王ゲオルクは、立派な体格をした白髪の男性だった。

「父上、アレンブルグの聖女であるフィリーネ嬢を連れてまいりました」

「ご、ご挨拶が遅くなりました。フィリーネと申します」

レオノールに促され、フィリーネは緊張の面持ちで挨拶をする。

国王というと、どうしても祖国の王の冷酷非情さを思い出して、なにか叱咤されないかとびくびくしてしまう。

（大丈夫、リリーとメリッサが髪もドレスも綺麗に整えてくれたから、問題はないはずよ……）

フィリーネは必死にそう自分に言い聞かせる。

「レオノールから話は聞いている。会えて光栄だ」

金の肘掛けに赤い革張りのどっしりとした椅子に腰かけたまま、ゲオルクが微笑んだ。

「座ったままで失礼するよ。この通り、膝の具合が悪くてね」

聞いた話では、先の戦争で膝に大怪我をした王は、日によって調子に波があり、歩ける日と歩けない日があるそうだ。国王の体調は国勢を左右する。民を不安にさせないよう、体調のいい日だけ姿を見せることにして、最近では表に出る政務のほとんどをレオノールに任せているのだという。

（つまり……膝の調子がいい日は、あまりないということなのかしら……）

バルディーク王国の国王は、大陸の中でも傑物として知られている。その噂は、敵対関係にあったアレンブルグ王国にいても伝わっていたほどだ。王としての優れた能力はもちろんのこと、大陸の大半を統べる王でありながら、極めて人柄が良く、問題が起きたときは各国の王が助けを求められる唯一の人物として敬われているのだ。

ゲオルクは穏やかな笑みを浮かべてフィリーネたちを見た。

「君と婚約すると決めてからというもの、レオノールはあからさまに生き生きとしている。アマリアも君を気に入っているようだし、可愛い義妹ができたと大喜びだ。素晴らしい伴侶が来てくれたと、私も嬉しく思う」

「も、もったいないお言葉です」

反対されて当然だと思っていた。まさか、こんなふうに歓迎してもらえるとは思わず、フィリーネは泣きそうになる。

自分が知る王という存在とは、まったく違う。

ゲオルク王はフィリーネを平民だと蔑むこともなく、対等な態度で穏やかに接してくれる。警護の兵士や、茶を運んできた使用人もにこにこしていて、いつもフリードリヒ王のそばから睨みつけてきた警護の者たちとは大違いだ。

嫌われ者のフリードリヒ王とは異なり、ゲオルク王に長生きしてほしいと誰もが望んでいることだろう。

（どうか、ゲオルク国王陛下の膝の怪我が癒えますように……）

談笑しながら、フィリーネは無意識のうちに胸の前で手を組む。心の中で、優しい王のために祈った。

「ん……、これは……？」

ふいに、レオノールが怪訝そうな声を出す。

フィリーネも思わず息を呑んだ。

あたりを温かくてきらきらした輝きが包んでいる。

それは、かつてフィリーネが祈りを捧げていたときに、どこからともなく舞い降りてきた奇跡の兆候と同じものだった。

あまりに久し振りに見たので、幻かと思った。

フィリーネはハッとした。レオノールを見ると、彼は好きにして構わないというように頷いてくれる。

思い切ってフィリーネは訊ねた。

「——国王陛下。もしお許しいただけるようでしたら、痛むほうの膝に、快癒の祈りを捧げさせていただけませんでしょうか」

一瞬困惑した顔を見せた王は、期待に満ちた目で息子に促され、「構わぬ」と鷹揚に答えた。

どうやら、奇跡の光は息子のレオノールには見えているが、父親には見えないようだ。

フィリーネはドレスの裾を摘んで、王の足元に跪くと、服の上から痛めた膝を包むように手を近づける。

(神の御名において、祝福を。どうか、ゲオルク国王陛下の膝に癒やしをお与えください)

心の中で呟くと、光は国王の膝に向けて一気に集まってくる。

彼の膝の周りをぐるりと光が包み、しばらくしてからすうっと空気に溶けるようにして消えた。

「——父上、具合はいかがですか?」

「まあ、特に変わりはないが……」

訝しげに言って、立ち上がろうとしたとき、ゲオルクが目をカッと見開いた。

おそるおそる、痛めたほうの足で一歩を踏み出す。更にもう一歩、ゆっくりと確かめるように歩き始めると、彼は驚愕した顔になって自らの膝を叩いた。

「おおお……、歩ける……まったく痛みがない……！」

ひとしきり部屋の中を歩き回ってから、王はフィリーネを驚きの表情で見つめた。

「これは、君の力なのか？」

レオノールは「ああ、聖女の力です」と誇らしげに言って、フィリーネを抱き寄せる。

「なんという素晴らしい奇跡だ……まさか、またこんなふうに歩ける日がくるとは」

頬を紅潮させたゲオルクが、声を震わせている。それを見たレオノールの目もかすかに潤み、使用人たちも啜り泣いている。

「聖女よ、ありがとう。君に心から感謝する。なんでも望む褒美を遣わそう」

ゲオルクに言われても、フィリーネはまだ呆然としていた。

――どんなに願っても、罰として虐げられても戻らなかった力が、戻ってきた。

レオノールに抱き寄せられながら、信じ難い出来事に胸がいっぱいになった。

隠しておくことは不可能だった。人々の口を通じて、その噂は次第に大陸中に広まっていった。

＊

『アレンブルグの聖女が奇跡の力を取り戻したらしい』

『膝を痛めていた国王が難なく歩けるようになったそうだ』

『怪我や病をたちどころに治してくれるようだぞ』

フィリーネは宮殿の中にある王家所有の教会に赴いた際、人々に奇跡を授けるようになった。身分や老若男女を問わず、病や怪我を一人一人癒やしていく。

アレンブルグではまず誰よりも先に国王、そして王侯貴族が優先だった。次は軍人で、公には一般の民が奇跡を授けてもらうことは難しく、フィリーネが孤児院や医療院に赴いたときにこっそりと治すことしかできずにいた。

バルディークでは富豪でも貧乏人でも治癒の順番に関係はない。

人々が救いを求めて殺到するのも当然だった。


「——フィリーネ」

静かな堂内に、聞き慣れた声が響く。

政務を終えたらしく、レオノールが教会の入り口から声をかけてきた。

「レオノール様」

民との面会を終えて、教会の最奥に当たる礼拝堂の主祭壇に向かい、感謝の祈りを捧げていたフィリーネは、パッと顔を輝かせた。

急いで立ち上がって彼に駆け寄ると、微笑んだレオノールが腕を伸ばして抱き締めてくれる。

「お仕事は終わられたのですか?」

ぎゅっと強く抱かれて、髪にキスを落とされる。

「ああ、今日はもう終わりだから、君を迎えにきた。問題はなかったと聞いているが、大丈夫だったか?」

「ええ。今日もたくさんの方に祝福を授けました」

多くの民が訪れた教会は、面会時間を終えた今はひっそりとしている。

治癒の噂が広まると、奇跡を望み、聖女に面会したいと懇願する声は日増しに大きくなった。

レオノールは危険を恐れて渋ったが、国王を治癒したことが知れ渡り、力の存在はもう隠しようもないならばと、フィリーネ自身が民との面会を強く希望したのだ。

話し合いの末に、週に数回、重い症状の者から順番に、数時間だけ面会を許された。そして、今日もその時間を無事に終えて、フィリーネは病や怪我に苦しむ人々を救う力を授けてくれた神に、感謝の気持ちを伝えていた。

「オットー、ご苦労だったな」

レオノールが声をかける。民との面会の際には、警護の兵士が近くに立った上で、フランツかオットーのどちらかがそばについていてくれる。今日の当番はオットーだ。

オットーはしみじみとした様子で、胸に片方の手を当てた。

「今日も素晴らしいものを見せていただいて、魂が洗われるようでした」

彼にも光が見えるらしく、民との面会の付き添い業務をいつも嬉々として担ってくれるのがありがたい。

オットーが一礼して帰っていくのを見送る。レオノールに手を取られて、教会から離宮に戻るべく二人で歩き始めた。

結婚の約束をしてから、レオノールは毎夜必ず、政務を終えるとフィリーネのいる離宮にやってくるようになった。

彼はまるで、宝物のようにフィリーネを大切に抱く。更には、せめてもの愛の証しだと言って、焼きたての菓子や花はともかく、新しいドレスや豪華な宝石などの贈り物を毎日のように贈られてしまうのが、少々困りものだった。

並んで歩きながら、レオノールがこちらを見つめて微笑んだ。

「顔色がとてもいい。生き生きしているな。力が戻ったことがそれほど嬉しいのか」

「ええ。ずっと、また皆の役に立ちたいと願っていましたから」

そう答えてから、フィリーネは声を潜めて言った。

「実は……力が戻るきっかけとなったゲオルク国王陛下の怪我を癒やしてから、気づいたんです」

「なんだ？」

「祖国にいたとき、奇跡の力はだんだんと消えていきました。悲しかったけれど、完全に失くなったとき、どうしてか、ホッとしたのです」

フィリーネは自分の心の中を覗き込むようにして言った。

「……フリードリヒ王は、多額の金を払える者や身分の高い者、自分に利する者だけを癒やすようにとわたしに命じました。民を無償で癒やしたことがわかると、罰を与えられたり、せっかく治癒した民はもう一度、故意に怪我をさせられたりまでして……」

「なんということか、奴は酷い王だ」

珍しく、吐き捨てるように言うと、レオノールはフィリーネの肩を抱き寄せた。

「でも、王に命じられれば拒むことはできなくて……意に反して、限られた人々にだけ使ううちに、いつしか力は消えてしまったのです」

おそらくフィリーネは、無意識下で、フリードリヒ王のために力を使うことを拒絶していたのだ。だからきっと、アレンブルグではいっさい力を使うことができなくなった。

フィリーネは顔を上げると、まっすぐにレオノールを見た。

「奇跡の力は、取り戻したというよりも、この国に来てふたたび神から授けられたものだと思います。ゲオルク国王陛下は大陸に必要な方です。だからこそ、あのとき力が宿ったのは、この力を使い、ゲオルク王を癒やしなさい、という神のご意志だったのではないかと思っています」

そうか、と言ってレオノールは感慨深げに頷く
「——父は、フリードリヒ王の討伐を許可してくれた」

「そうですか……」

フィリーネは静かに手を握り締めた。

「祖母の祖国ということもあり、迷っていたようだが、私の暗殺計画と、それから……君に助けられたことも大きかったのだろう。君の力のことは、おそらくすでにアレンブルグにも伝わっているはずだ。苛立ったフリードリヒ王が狙うのは、間違いなく我々の命だ。向こうが動くのも時間の問題だろうな」

そのこともあって、レオノールはフィリーネの警護を厳重に固めている。彼は眉を顰めてフィリーネの肩を抱き寄せた。

「アレンブルグに侵攻しても、君の祖国を全滅させたいわけではない。フリードリヒ王だけを退陣させることができればいいのだが」

レオノールは国王や軍の幹部、関係する大臣たちと話し合いを進めるうち、フリードリヒ王の追放された庶子に目をつけた。

元々は王族として政務についていたが、有能で心ある人物だったために、王の圧政に苦言を呈して遠方の所領に追放された。それ以来、目立たないように暮らしているが、知識や教養も人並み以上にあり、父王に比べればずっとまともな人物らしい。

アレンブルグの民を救うには、極力大規模な戦を起こさず、頭だけを挿げ替えたい。すなわち、目的は現王を退陣させ、新しく誠意ある王を擁立することだ。

しかし、すでに庶子とは秘密裏に連絡が取れたものの、現王の恐怖政治のおかげで、皆怖気づいてしまい、庶子はアレンブルグ国内に有力な味方を集めることに手間取っているらしい。

「なんとしても、フリードリヒ王には退いてもらう。今のままでは、大切な君に里帰りを許すこともできないからな」

「そうですね、いつか、孤児院の皆やローゼに会いに帰れたらいいのですが」

フィリーネは不安を押し隠して微笑んだ。

バルディークが滅ぼす覚悟で攻め込めば、小国一つ占領することくらいわけはない。

それでも、その方法を選ばず、極力、民の血を流さないやり方を模索してくれる彼に、フィリーネは改めて深い尊敬の気持ちが湧いた。

——どうか、少しでも怪我をしたり、苦しむ民が少なく済みますように。

今はそう祈ることしかできなかった。

＊　第九章　婚約披露の夜は波乱に満ちて　＊

多くの招待客たちが集まった大広間はざわめきに満ちていた。

今日はバルディーク王国の教会において、次代の王位継承者である王太子の婚約式が行われた。その後、宮殿内にある大広間に場所を移して、婚約披露の宴が催されている。

「レオノール王太子殿下、聖女フィリーネ様、このたびはまことにおめでとうございます」

招待客が二人に次々と祝いの言葉をかけてくる。

微笑んだフィリーネはレオノールに続き、「ありがとうございます」と招待客に向かって恭しく頭を下げた。

隣に座ったレオノールと目を合わせると、彼が安心させるように小さく頷く。フィリーネも頷き返した。

大広間の正面には玉座が据えられ、その一段下の位置に二人の席が用意された。レオノールと並んで座ったフィリーネは、緊張を押し隠して、ゆっくりと周囲に目を向けた。

背後に控えるハンナも緊張した面持ちだ。

彼女の言い分を精査し、国に弟がいることや病のことが事実だと確認した上で、レオノールはハンナをフィリーネの側仕えに戻してくれた。誰が敵なのかわからない今、ハンナがそばにいてくれるのは本当にありがたい。

アレンブルグ国王の庶子も覚悟を決め、バルディーク王国は隣国の王位交代計画に手を貸すことになった。

差し出した聖女が奇跡の力を取り戻したことに加え、敵国の王太子との婚約話までもがとうとう耳に入ったらしく、フリードリヒ王は激怒したらしい。

まだ王はハンナが寝返り、フィリーネの味方となったことを知らない。先日、両国を行き来するシュテンゲル商会の商人を通じて、ハンナに手紙を送ってきたが、それはフィリーネへの新たな密命だった。

『力が戻ったのなら、一刻も早く我が国に戻れ。そうしなければ、お前の大切な者たちがどうなるか、わかっているな』

その命令は奇妙なものだった。

たとえ早馬を飛ばしても、アレンブルグの王のもとに手紙が届くまで一か月近くはかかる。往復すれば、どんなに急がせても一か月半以上はかかるはずだ。しかし、フィリーネがバルディーク王国に着いてからまだ三か月ほど、そして力を取り戻してからはまだ二か月ほどしか経っていない。民の間にまで力のことが知れ渡ったのは、つい最近のことだ。

それなのに、アレンブルグに聖女の力が復活したという情報が届き、フリードリヒ王からバルディークにいるフィリーネのもとに命令がきたにしては、王からの命令が届くのが早すぎるのだ。

おそらく、バルディーク側に送り込んだ間諜を使い、今もフリードリヒ王はフィリーネの行動を報告させている。

そのおかげで、フリードリヒ王は、商人が携えた手紙が行き来するよりもずっと早く、フィリーネが奇跡の力を取り戻したことを知ったのだ。

だからこそ、レオノールは大々的に婚約のお披露目を行う宴を開き、どこかに潜り込んでいるフリードリヒ王の手の者に情報を流すことにしたのだ。

フリードリヒ王は聖女を取り戻すために兵を送ってくるはずだ。そうすれば、アレンブルグ側は手薄になる。

その隙を突いて、レオノールは反国王派に手を貸す。

そこでフリードリヒ王を倒し、一気にアレンブルグ王国の王位交代を推し進めようと目論んでいるのだ。

（この場にもう、アレンブルグからの間諜が潜り込んでいるかも……）

疑い始めると、誰もが監視者に見える。

本来は心が浮き立つはずの祝いの場だけれど、今は緊張で少しも楽しむことができない。

フィリーネは微笑みの裏で冷や汗を滲ませながら、気を引き締めた。

今日のためにお針子たちが特別なドレスを仕上げてくれた。

淡い金色を基調とした光沢のある布を贅沢に使い、あちこちに細かい刺繍が施されている、婚約の場に相応しい豪華で美しいドレスだ。

ゲオルク王は、怪我が治ってから精力的に活動し始めた。これまではレオノールに任せていた政務も一部引き受け、体力を回復すべく鍛錬や剣の打ち合いに勤しんでいるらしい。もちろん婚約式にも参列し、今夜の宴にも最初の乾杯にだけ顔を出したが、『今日は若い二人が主役だ』と言って、そそくさと引っ込んでしまった。そのおかげで、フィリーネとレオノールは、王の分まで来客からの祝福を受け続ける羽目に陥っている。

隣に座っているレオノールは、今日は正装を纏い、頭には豪奢な王太子の冠を被っている。王位継承者に相応しく、泰然とした立派な佇まいだ。

フィリーネが見惚れていると、客と話していた彼が、こちらを気遣うように視線を向けてきた。

「疲れただろう？　少し続き部屋に下がって休むといい。私もすぐに行く」

「でも」

彼はそばに控えていたオットーを呼び、フィリーネを連れていくように頼んだ。

「無理をするな。君が倒れてしまったら、私も平静ではいられなくなる。看病のために政務をおろそかにするが、いいのか？」

冗談ぽく脅してくるレオノールに、思わず笑顔になる。では、と彼の言葉に甘えさせてもらい、オットーについて隣の部屋に入った。ハンナもついてくる。

人目がなくなると、自分が疲れ切っていることに気づいて、ぐったりと椅子に身を預けた。「すぐにお茶をお持ちしますわね」と言って、ハンナが続き部屋を出ていく。

「ずいぶんとお疲れになったでしょう。そうだ、フィリーネ様の奇跡の力は、あらゆる疲労を回復することもできると伺いましたが」

いいことを思いついた、というようにオットーが言う。

「ええ、疲労を消すこともできます。ですが、残念ながら奇跡の力は自分自身には使えないのです」

オットーの言葉に、フィリーネは小さく微笑んで答える。

「そうなのですか。さんざん人々を癒やしているというのに、理不尽なことですね」

オットーが困り顔で腕組みをする。

そのとき扉が忙しなくノックされた。応じたオットーが顔を強張らせ、「すぐに戻ります。フィリーネ様は、決してこの部屋からお出にならないでください」と言い置いて部屋を出る。

（なにかあったのかしら……）

眉を顰めて、フィリーネは大人しく彼が戻るのを待った。

しばらく待っても、オットーもハンナも戻ってこない。

今夜は盛装のせいか、やけに部屋の中が暑く感じられる。

立ち上がったフィリーネは、両開き窓を片側だけ少し開けて、外の空気を吸おうとした。

「きゃ……っ⁉」

すると、窓の隙間からにゅっと手が伸びてくる。とっさに背を向けて逃げようとしたが、口を押さえられたフィリーネは背後から抱き竦められ、そのままバルコニーに引きずり出されてしまった。

（誰か……‼）

助けを求めようともがいたときだ。

「フィリーネ、頼むよ、暴れないで。僕だよ」

どこかで聞いたことのある声だと気づき、フィリーネはハッとした。もがくのをやめたとわかると、押さえ込む手が力を抜く。

「……ヨハン⁉」

慌てて振り向いたフィリーネは、あまりの驚きに思わず大きな声を出してしまった。慌てて自分の口に手を当てる。

バルディーク王立軍の制服を着ているが、間違いない。そこにいた長身の青年は、見知らぬ軍人ではなく、祖国の孤児院でともに育ったヨハンだったのだ。

「ど、どうしたの？　なぜ、ここに……!?」

「国王陛下の命令だよ。聖女の力が戻ったらしいっていう話が我が国にも届いたんだ。国王陛下はとてもお怒りで、『砦との取引で強引に奪われた聖女が、レオノールの王太子と無理やり婚約させられた。聖女を我が国に連れ戻せ』って命じられたんだ」

新たにフィリーネに届いた密命でも、フリードリヒ王は暗殺ではなく帰国を命じてきた。つまり、奇跡の力が戻ったなら、フィリーネに王太子の暗殺を実行させるより、国に連れ戻したほうが有益だと考えたのだろう。

身勝手なあの王の考えそうなことだ。

「さあ、急いでここを出よう。警備が厳重で、僕しか潜り込めなかったんだけど、街には他の奴らも来てるから」

「だ、駄目よ、ヨハン。わたしは帰らないわ」

フィリーネが慌てて言うと、ヨハンは驚いた顔になった。

「国のためにもう無理してここにいなくていいんだよ。王太子に無理強いされて婚約するしかなかったんだろう？　国王陛下から、聖女はバルディーク王国で好きでもない相手と婚約させられて、毎日酷い目に遭わされてるって聞いたよ」

（そう言って、ヨハンを憤慨させて、ここに送り込んだのね……）

フリードリヒ王の外道なやり方に、フィリーネは胸が苦しくなった。

「ヨハン、違うのよ。わたし……わたしは、レオノール様を愛しているの」

「えっ⁉」

「彼はわたしをとても大切にしてくれている。だから、ここにいるのはわたし自身の意思なのよ」

急いでヨハンに事実を説明していたときだった。いきなりバルコニーの向こうから、別の人影がよじ上ってくる。

「聖女だ、こいつを連れていけ！」

新たに二人現れたバルディーク軍の服を着た兵士に剣を突きつけられ、腕を掴まれる。

「きゃああっ‼」

肩が抜けそうなほど強く引っ張られて、フィリーネは痛みのあまり思わず悲鳴を上げた。身を強張らせた瞬間、部屋のほうからぐいと強く肩を引き寄せられた。

「彼女になにをする！」

それは険しい顔をしたレオノールだった。すでに剣を抜いていた彼は、取り戻したフィリーネを懐に抱き込むと、暴漢たちに素早く斬りかかる。

「ぐあああっ‼」

レオノールの剣が一閃する。斬られて悲鳴を上げながら、一人の男がバルコニーから落

ちた。もう一人が、血の噴き出す腹を押さえながら剣を取り落とす。

フィリーネを守りながらで片手が使えないというのに、レオノールの剣は目にも留まらないほどの素早さだ。

彼は恐ろしいほど強い。その鮮やかな剣さばきに、レオノールが『氷の王太子』と呼ばれるのには、笑顔を見せないことだけでなく、きっと畏怖も込められているのだろうと、その二つ名の所以がフィリーネにもやっと納得できた。

呆然とした顔で剣を握り締めたヨハンは、おろおろしながらバルコニーのすみに立ち尽くしている。無理もない、まだ十七歳の彼は、少し前に城の警護兵になったばかりで、鍛錬以外には剣の打ち合いなどしたこともないはずなのだから。

ヨハンは敵ではないとレオノールに伝えたい。だが、そんな暇はなかった。

「レオノール様!!」

オットーが駆けつけた瞬間、今度は上から飛び降りてきた黒い人影が、レオノールに向かって剣を突き出した。更に続けてもう一人が下りてくる。

「フィリーネを頼む」と言ってオットーに託すと、素早く振り返ったレオノールが新たな賊と数度激しく斬り合う。一人の剣を力任せに弾き飛ばしてから、残った賊に向き合った。

「我が婚約者を狙ったことを後悔するがいい」

彼は低く宣言する。最後の一人が剣を振り下ろそうとした隙に、レオノールの剣が一瞬でその腹を裂いた。

断末魔の悲鳴が上がり、フィリーネはオットーに庇われながら、思わず身を固くした。

「……すまない、怖い思いをさせたな。怪我はないか？」

「わたしは大丈夫です」

血相を変えたレオノールに訊ねられ、フィリーネは呆然として頷く。彼が助けてくれなかったら、いったいどうなっていたことか。

一瞬だけフィリーネをきつく抱き締めてから、レオノールは息を吐いて身を離した。

「オットー、頼む。フィリーネを安全なところへ。腕の立つ兵士も何人か同行させろ」

「わかりました、フィリーネ様、どうぞこちらへ」

「レオノール様」と、急いでヨハンのことを話そうとしたが、「あとでゆっくり話そう」と言って彼は離れてしまう。

フィリーネがオットーに連れられて、大きく開いたバルコニーの窓から中に戻されたときだった。

騒動に気づいたのか、剣を手にしたフランツたちが部屋に駆け込んできた。

「王太子殿下、ご無事ですか⁉」

「皆無事だ。バルコニーの賊は仕留めてある。外にも何人か落ちたが、他にも仲間がいるかもしれない。一人残らず捕らえて、目的を吐かせろ」

「承知しました」

フランツは硬い顔で頷いた。

「全兵士に告げよ、暴漢を捕らえろ！　宮殿の門を封じ、一歩も外に出すな！」

フランツは集まってきた兵士に命じる。バルコニーで倒れている賊の中に、しゃがみ込んで震えているヨハンがいた。

「ここに一人、生き残りがいるぞ！」

フランツに取り押さえられ、床に組み伏せられたヨハンが悲鳴を上げた。

「フランツ様、ち、違うのです、その子は」

フィリーネはオットーのそばから離れると、ヨハンは知り合いなのだと説明しようとする。

そのとき、すぐ隣のバルコニーに、別の人影があるのに気づいた。

バルディーク兵の服を着てはいるが、厳めしい顔をした男の特徴的な目には見覚えがあった。

──あれは、フリードリヒ王が常にそばに置いていた、親衛隊長のゲルトではないか。

彼を見て、この暴漢たちの正体が、ヨハンのような素人の若者の寄せ集めではなく、フリードリヒ王の忠実な親衛隊なのだと気づいた。

しかも、ゲルトは得意の弓矢を構えている。

その矢の先が誰を狙っているかに気づいて、フィリーネはとっさに動くのをやめた。

（あの悪辣な王が、ヨハンだけにわたしの拉致を任せるわけがないわ……）

フリードリヒ王は、顔見知りのヨハンと同時に、自らに忠実な親衛隊とゲルトをも送り込んだ。

――彼らは、力を取り戻した聖女をフリードリヒ王のもとに連れ戻すため――それから聖女を奪った王太子の息の根を止めるために、ここまでやってきたのだ。

自分が避けたら、あの矢はレオノールに当たってしまう。

そう思った瞬間だった。

鋭く放たれたゲルトの矢は狙いを違わずに飛び、まっすぐにフィリーネの胸に突き刺さった。

「フィリーネ様!!?」

オットーが気づいて声を上げ、フランツと話していたレオノールが、驚愕した顔になる。

瞬時に矢が飛んできた方向に気づき、レオノールはゲルトに向かって素早く腰から抜いた短剣を投げる。どこかでなにかを押し潰したような悲鳴が聞こえた。

倒れそうになったフィリーネは、オットーの腕からレオノールの腕に抱え込まれる。

「大広間にいる医師を呼べ！　それから、隣のバルコニーにいる大男を捕らえろ！　我が軍の制服を着ている、惑わされるな」

レオノールが声を上げて、フランツたちに指示を出す。

「フィリーネ、すぐに医師が来る」

焦った声でレオノールが言う。

なぜか体に力が入らず、酷く頭がぼんやりしていた。

レオノールはいつもならすぐに力強く抱き締めてくれるのに、今はフィリーネをただそっと支えながら手を強く握るばかりだ。きっと胸元から突き出ている矢羽根が邪魔なのだろう。早くこれを抜いてほしい。

考えが少しも纏まらない。どうしてか、レオノールの顔色が真っ青なのがとても心配だった。

ぼんやりしていると、先ほど捕らえられたヨハンのことが頭をよぎった。

「レオノールさま……あの子、バルコニーの生き残りは……わたしを助けに来ただけなの……」

かすれた声を振り絞って伝える。これだけは言わなくてはならない。

「わかったから、無理に話してはいけない」

「ヨハンは、怖がりで、弟同然だから……どうか、お願い、罰さないで……」

「大丈夫だ。フィリーネ、目を閉じるな。もう少しだから頑張ってくれ」

悲痛な彼の声と、医師はまだか、という叫びが入り交じって聞こえる。

レオノールに抱かれながら、フィリーネはぽとぽとなにか冷たいものが頬に落ちるのを感じた。

周囲からはなぜか、人々が啜り泣き、嗚咽する声が聞こえてくる。

苦しくて息がうまく吸えない。

胸元がぐっしょりと湿っているのはなぜだろう。

「愛してる」という声が聞こえて、動かなくなった唇に温かいものが押しつけられる。彼に同じ言葉を返したいのに、もう体を動かすことはおろか、一言伝えることすらもできなかった。

「フィリーネ、私を置いていくな」

よく聞こえなくなった耳に、レオノールの慟哭が響く。

一瞬、すうっと意識が遠くなる。

体から完全に力が抜けて楽になり、魂が体を離れかけるのを感じた。

（いや……お願い、連れていかないで……どうかまだ、レオノール様のそばにいさせて……）

フィリーネは生まれて初めて、自分自身のために強く願った。

――まだ死にたくない、と。

「愛している、私のフィリーネ」

レオノールが涙交じりに告げ、名を呼ばれた、そのときだ。

体が急に、燃えるように熱くなった。

死に瀕していたフィリーネの全身を包むように、数え切れないほどの光が集まってくるのがわかる。

きらきらとした眩いほどの輝きを振り撒きながら、その光はフィリーネに祝福を与える。みるみるうちに痛みが消えていき、呼吸が楽になった。

「フィリーネ……?」

レオノールの呆然とした声に目を開ける。

フィリーネの胸にぐっさりと刺さっていた矢羽根が抜け、ぽとりと床に落ちた。胸元を探ってみれば、ドレスは破れているのに傷はどこにもない。

ぎこちない動きで胸元に手を当てて、おそるおそる息を吸う。痛みは消えて、感覚のなくなっていた胸が、確かに強い鼓動を打っているのがわかる。

「フィリーネ、聞こえるか⁉」

驚愕したレオノールの声が聞こえて、急いで彼のほうに目を向ける。涙に濡れた愛しい彼の顔を見て、急に実感が湧いた。

――助かったのだ。

「レオノール様……、わたし……」

言葉が出てこなくて、ただ、自分は大丈夫だという気持ちを込めて頷く。フィリーネの胸元の傷が綺麗に塞がっていることを確認した彼が、絞り出すような声を上げた。

「ああ、神よ、感謝します……！」

大事な宝物を抱くように、彼の腕の中に包み込まれる。

まだ信じ難いが、愛しいレオノールのもとに帰ってこられた。

騒然としていた場で、皆が歓喜に嗚咽したり、祈りを捧げたりする声が聞こえる。

抱き締めてくれる彼の熱を感じながら、フィリーネの中にも、深い感謝の気持ちが湧いてきた。


「手当ては不要のようですな」

やっと駆けつけた医師が驚いたように言う。

改めて医師に確認してもらうと、驚いたことに、フィリーネの矢に射られた傷は、跡形もなく消えていた。

生きていたゲルトは捕らえられ、ヨハンも侵入の罪でいったんは軟禁状態に置かれている。

彼らがアレンブルグの人間であることを説明し、フィリーネは弟同然であるヨハンの素性を話して、彼の情状酌量を求めた。

「事情はわかった。ヨハンに関しては悪いようにはしないから、ともかく君は休んでいてくれ」

「いいえ、お願いです、レオノール様。わたしも一緒に行かせてください」

レオノールは渋ったが、頼み込んでヨハンに会わせてもらった。兵士が見張りに立つ部屋で拘束されていたヨハンに会いに行くと、彼は憔悴し切っていた。

「ごめんな。僕、国王陛下の言うことを信じちまって、敵国からフィリーネを助け出すんだって意気込んでて……」

その結果、目の前でフィリーネは矢に射られて死にかけたのだ。

ヨハンの言い分を確かめるため、レオノールは捕らえたゲルトたちにも尋問した。末端の者が吐いたところによると、ゲルトたちは両国を行き来できる商人の助けを借り、バルディーク王国に乗り込んできたらしい。彼と部下たちは、国を出る前にフリードリヒから密かに命じられていた。

『孤児仲間であるヨハンを使って聖女をおびき寄せ、国に連れて帰れ。もし生かしたまま取り戻すことが叶わなければ、殺してこい』——と。

——つまり、ヨハンはゲルトたちが受けた王の暗殺命令は知らずにいた。彼はただフィリーネを国に連れて帰るという名目で駆り出され、幼馴染みを救わねばという使命に燃えていた、というわけだ。

「無理もないわ。あなたはなにも知らなかったんだもの」

フィリーネは急いで慰めたけれど、ヨハンはどんな罰でも受けます、と沈み込んでいる。

「ならば、君は私の軍に入れ」

詳しい事情をすべて聞いたレオノールがそう言い出して、皆を驚かせた。

「今は、国に戻ったところで、これまで通りに暮らすことはできないだろう。我が国はこれから、アレンブルグ王国とやり合うことは避けられない。向こうの城で警護に当たっていたそうだし、内部のことを知っているなら、侵攻のときに君の情報が役に立つはずだ」

「で、でも、僕はフィリーネの命を危険に晒しましたし……」

ヨハンはおろおろしていたが、フィリーネは「もういいのよ。それはあなたのせいじゃないわ」と慰めるように声をかける。なぜかムッとしたようにフィリーネを抱き寄せたレオノールが、ヨハンに言い放った。

「罪滅ぼしをするつもりがあるなら、ぐだぐだと言い訳をせずにフィリーネのために働け」

はい、と答えてヨハンは身を縮める。

フィリーネはホッとしていた。アレンブルグに帰っても、きっと王に罰を与えられて殺されるだけだ。ヨハンがバルディーク王立軍に入って働かせてもらえるなら、会いに行くこともできるし、状況も知れて自分も安心だ。

その夜、レオノールの強い希望で、時間を置いて、フィリーネは二度も医師の診察を受けた。

結果として、なんの問題もないというお墨付きをもらったものの、大事を取ってレオノールの部屋に連れていかれ、しばらくは安全のために彼の寝室で一緒に休むことになった。

今回の事件は、よりによって宮殿内で起きた。

しかも婚約披露の夜に、未来の王太子妃の命が狙われたというあり得ないものだ。

襲撃に加わった賊はすでに全員が捕らえられた。三分の二が息絶えていたが、ゲルトやヨハンを含めて生きて捕らえられた者もいる。

「我が軍の者たちは激しく憤っているよ。フリードリヒ王討伐の士気もぐんと上がりそうだ。どうあっても自分がフリードリヒ王を仕留めてやると宣言する者も多い。王位交代はきっと成功するだろう」

部屋に戻ってきたレオノールが、淡々と状況を説明してくれた。

「わたしも、うまくいくことを祈っています」

寝台の横に置いた椅子に腰を下ろした彼が、フィリーネの胸元におそるおそるといった様子で手を触れさせる。

心臓がちゃんと鼓動を打っているとわかると、ホッとしたようだ。

しばらく考え込むようにしてから、彼がぽつりと言った。

「今日は……寿命が十年は縮んだよ」

レオノールのいつもは涼しげな目元が、珍しくかすかに赤くなって腫れている。

フィリーネを失う恐怖に涙を零したからだ。

レオノールが泣くのを見たのは、これが初めてだ。

「一度、君の心臓の鼓動は止まっていた。この手で触れていたから間違いはない。その後、不思議な光が集まってきて、君は目を覚ました。あれは、いったいどういうことなのか」

「わたしにも、よくわからないのです」

フィリーネは矢に貫かれたときのことを思い出す。

確かに、自分は一度、死んだように感じられた。

呼び戻したのは、レオノールの悲痛な声だった。

「もちろん、すでに天に召されている人を蘇らせることなど、私にはできません。そもそも、これまで自分の傷や打撲などは、必死で祈っても、治せたことはなかったですし……どうして助かったのか、本当に不思議なくらいです」

「今回だけが例外だったというわけか。ならば、余計に奇跡を神に感謝せねばな」

そう言うと、レオノールはフィリーネの手を取って両手で包んだ。

　ふと、一つだけ思ったことがあった。

「……わたしは今まで、『死にたくない』と思ったことがなかったんです」

「どういうことだ?」

　レオノールが怪訝そうに訊ねる。

「孤児院での暮らしは、それは辛いものでした。奇跡の力を得たあとは人生が変わったようにちやほやされたけれど、今度は人間の暗い面をたくさん見てきました。身分とお金があれば、どんな悪人であってもわたしの力で生き延びて、なにも持たない者は、どんなに必死に生きようともがいても、病や怪我で苦しみながら死んでいくのです」

　このことを誰かに話すのは初めてだった。

「この力を授かった身でありながら、これまで、わたしの聖女としての立ち位置はとても不条理なものでした。力は天からの授かりもので、奇跡を起こす相手を選ぶべきではないのに、王から許しを得られずに助けられなかった人たちが大勢いるのです。ずっと申し訳ないと心苦しく思ってきました。せめて、わたしの命を分けてあげられたらいいのに、と。そのせいか……これまで、長生きしたいとか、死にたくない、と思った覚えが一度もなかったのです」

　たどたどしく、フィリーネは考えながら心の内を話す。

　レオノールは真剣な顔で聞いてくれている。

「でも……今日、あなたがわたしを呼ぶ声を聞いたら、初めて、強く感じたのです。まだ死ぬわけにはいかない、もう少し生きていたい、って……」

「まさか、私の声で奇跡が起きて、それで、君は戻ってきてくれたというのか？」

驚いた様子の彼に、フィリーネはこくこくと頷く。

「私もあれほど強く、なにかを願ったことはなかった」

レオノールは泣きそうになるのを堪えるように顔を顰めて、唇を引き結んだ。

「君さえ生きていてくれたら、もうなにもいらない。愛する君を失うのは辛すぎる。自分の命でも金でも、持っているものすべてを差し出すから、君にだけは生きていてほしいと思った」

フィリーネは手を伸ばして、彼の頬に触れる。慰めるように撫でると、その手を上からぎゅっと握られる。

レオノールが真剣な眼差しで告げた。

「フィリーネ、愛している。君のいない人生など、もう考えられない」

溢れた涙で彼の端整な顔がよく見えなくなる。ずっと見ていたいのに、とフィリーネは焦れた気持ちになった。

「わたしも……愛しています」

目を擦りながら、見えないことがもどかしくて、正直な気持ちが唇から溢れた。すると、手を握っているレオノールがびくっと震える。

「今……『愛している』と言ったのか？」

「ええ」

「……君から言ってくれたのは、初めてだな。嬉しいよ。ああ、今日は天国と地獄を行ったり来たりする日だ」

感極まったように呟き、立ち上がったレオノールに抱き竦められる。

愛おしむようなキスを額に落として、彼は聞こえないくらい小さく「愛している、私のフィリーネ」と囁いた。

——死の淵にいたフィリーネを呼び戻してくれた、あのときと同じように。


自分よりも一回り大きなレオノールの体に包まれ、うっとりする。

しばらくしてから、彼はフィリーネを抱く腕を名残惜しそうに緩めた。長い髪を撫でながら、なぜか視線を彷徨わせる。

「……今日は、湯浴みはしないほうがいい。湯を持ってこさせて、体を拭かせよう。食事も、体に負担がかからないように、スープかなにか食べやすいものを作らせる」

そう言うと、彼はフィリーネの額にキスをしてから、そそくさと寝台から離れようとする。

「レオノール様」

とっさにフィリーネは彼を呼び止めた。

「どうした？」

レオノールがすぐさま心配そうに戻ってくる。

「あの……今日は、まだお仕事が残っておられるのですか？」

「いや、君のそばに付き添うと伝えてあるし、なにかあればすぐ報告がくるから、心配は不要だ」

つまり、特になにか用があって自分から離れるというわけではないらしい。

「では、もう少し……そばにいてくださいませんか？」

迷った挙げ句、フィリーネは思い切って頼んでみる。

レオノールが目を瞠った。

普段なら、こんなおねだりなどとても言えなかっただろう。けれど、一度死にかけた――いや、ほぼ天国に足を踏み入れたせいか、フィリーネの中から迷いが消えていた。

「ああ、フィリーネ……もしかして、私に甘えてくれているのか？」

感極まったように言って、彼が急いたしぐさで手を伸ばしてくる。

「なんて可愛いことを言うんだ。私のほうこそ、本当は離れたくなどないのだが」

寝台に膝で乗り上げてフィリーネを抱き締める。顔中にキスの雨を降らせてから、彼は苦しげなため息を吐いた。

「ここにいてやりたいが……駄目なんだ。今日、君はとても恐ろしい目に遭った。今夜はゆっくり休んでもらいたいと思っているのに」

「なぜ、駄目なのですか？」

「君のそばにいると……、どうしても、欲しくなってしまう」

苦悩の表情で漏らすレオノールに、フィリーネは思わず目を瞬かせた。

それから、彼の言っている言葉の意味に気づき、かあっと頬が熱くなる。

「で、でしたら……そばにいてくださいませ」

フィリーネは躊躇いながら、レオノールの服の袖を掴んだ。

「お医者様もおっしゃっていたではないですか。わたしの体は、どこも問題はないと。それに、熱も痛みもありません」

「それでも、精神的な負担は大きかったはずだ。今夜ぐらいは大事を取って休むべきだろう」

「……わたしが、レオノール様に触れてほしいと望んでいても？」

震える声で訴えると、彼がびくりと肩を揺らす。

信じ難いものを見るような目でまじまじと見つめられて、急に恥ずかしくなった。

「も、申し訳ありません、はしたないことを言いました」

「いや……構わない。君が求めてくれるとは」

「どうか、忘れてくださいませ」

そう言ってうつむこうとすると、背中に腕を回して引き寄せられる。彼の腕に抱き締められ、顎を取られて上向かされた。

「ん、んっ」

熱いキスで唇を塞がれる。熱っぽく唇を吸われて、咥内に入り込んできた舌と怯えた舌を甘く擦り合わされる。

性急なその口付けだけでも、彼がフィリーネの体を気遣って、どれだけの欲望を堪えていたかがよくわかった。なんでも手に入れられる立場にあるというのに、伴侶をなにより大切にしようとしてくれるレオノールの優しさを感じて、胸がいっぱいになる。

「ん……っ、ぅ……んっ」

愛しげな口付けを繰り返しながら、背中を抱かれてゆっくりと寝台に寝かされる。フィリーネの頭の脇に両手を突いた彼が、真上からじっと見つめてきた。

「……もし、具合が悪くなったら、途中でも必ず言ってくれ。すぐにやめるから」

いいか？と確認されて、フィリーネは小さく頷いた。

顔を寄せられて、もう一度唇を啄まれる。

ホッとしたように頰を緩めた彼の大きな手が、薄い夜着の上からフィリーネの胸にそっと触れた。

「あ……」

柔らかな膨らみを両手でやんわりと揉まれて、胸に顔を埋められる。

彼の熱烈なキスと、それから布越しに擦られた刺激だけで、敏感な乳首はあっという間に尖って、その手を押し返してしまっている。

「この夜着は……?」

フィリーネの体に触れながら、レオノールが驚いた顔で囁いた。

「あ……、あの、ハンナたちが着せてくれて……」

今日の夜着は、医師の診察を受けたあとで着替えたものだ。医師がこの姿を見ていないことを確認すると、レオノールは表情をかすかに緩めた。

「だったらいいんだ。もし、医師がこの姿を見たのかと思うと、嫉妬で胸が焼けそうだ」

レオノールはホッとしたように言った。

「生地が薄くて、君の美しい体が透けて見える……天から降りてきた女神のようだ。こんな姿は、私にしか見せてはいけない」

身を起こした彼が、忙しないしぐさで上着を脱ぎながら、フィリーネの体を見つめてくる。

バルディークに来てから、食事は栄養満点の美味しいものばかりを与えられ、高価な香油を使ってハンナたちがせっせと肌や髪の手入れをしてくれる。

そのおかげで、少しは肉付きがよくなり、見た目も以前よりはましになってきた気がするが――と考えて、自分の姿を見下ろす。すると、胸の尖りや臍、薄い陰りまでもがすべて生地越しに透けていて、ぎょっとした。

確かに、今夜の夜着の生地は格別に薄いようだ。寝台に入っていたとはいえ、フィリーネは、彼の前でなにも考えずにこの格好でいたことが恥ずかしくなった。

「レ、レオノール様以外には、お見せしたりしません」

自分を見つめる彼の目には、明らかな欲情の炎が宿っている。見つめられているだけでぞくぞくとした疼きが湧いてきて、体がじんわりと熱くなった。

伸しかかってきたレオノールの手で、夜着を捲られる。腿から脚の間へと彼の手が撫で上げる。下着は身につけていないから、なんの抵抗もなく、レオノールの指は秘所をなぞった。くちゅっという濡れた感触に、自分でも驚く。

「もう、ここをこんなに尖らせて……君も本当に私を望んでいてくれたんだな」

改めて確かめるように言われて、羞恥でフィリーネは涙目になる。

濃密な口付けをしながら、彼の硬い指が濡れた秘裂を指で幾度もなぞる。ゆっくりと指を呑み込まされ、感じるところをじっくりと擦られた。

「あ、ぅ……っ、あ、あ……ん……っ」

溢れるほど蜜を滴らせるまで、雄の指で中を弄られる。同時に、親指で敏感な花芯まで擦られて、フィリーネはたまらずに身を震わせた。

彼の指使いに身悶えているうちに、フィリーネの夜着はいつしか捲れ上がって半裸となり、胸までもがあらわになってしまっている。

いつもは淡い色の尖りは、指先で執拗に捏ねられ、膨らみごとじっくりと揉まれているうちに、充血して淫らな色に変わる。

指での刺激に、無意識のうちに甘い息を漏らして腰を捩らせる。

その姿を焼けこげそうな熱い視線で見つめながら、レオノールはフィリーネに蕩けそうな快感だけを与えようとするのだ。

「ん、ひっ、あ、あ」

いつしか二本に増やされた指が、フィリーネの蜜壺を押し開く。

巧みな指がいいところを弄ってくれるけれど、一番欲しいところには彼の長い指でも届かない。

——レオノールが欲しい。

あの硬くて熱い昂りで疼く内壁を奥まで貫いてほしい。

「あ、あ……レオノールさま、もう……」

「痛いか？　やはり、今夜はこれでやめておこうか？」

熱い息を吐きながら、甘やかすように訊ねられて、指が抜かれる。フィリーネは慌ててぶるぶると首を横に振った。

「ちが……、ゆびだけ……いやなの……っ」

もう彼が欲しいのだと、必死にねだる。恥も忘れて潤んだ目で見つめると、レオノールが表情を険しくした。

「ああ、フィリーネ……君だけを感じさせて、休ませてやりたいと思っていたのに……まさか、そんな可愛いおねだりをされるとは、もう限界だ」

いったん身を離した彼が忙しなくシャツを脱いだ。ズボンも脱ぐと、すっかり張り詰めた彼の性器は完全に上を向いている。彼はフィリーネに触れていただけなのに、こんなにも興奮していたのかと驚く。

衣服をすべて脱ぎ捨てて戻ってきたレオノールが、フィリーネの口を甘く吸った。

「……私が君にどれだけ夢中か、君はわかっているのか？」

ぼやくように言いながら、彼がフィリーネの小さな手を引き寄せる。触れさせられた昂りは手に余るほど極太で、くっきりと血管が浮き立ち、掌が焼けそうなほど熱い。驚きでとっさに手を引いてしまいそうになるのを堪え、どぎまぎしながら握る。

いつも、自分ばかりが気を失うほど気持ち良くしてもらっている。自分は彼の婚約者なのだから、逃げている場合ではなく、本来は、自分も彼に奉仕するべきだ。

おずおずと両手を使って扱き、刺激を与えようと奮闘する。

気持ちがいいよ、と言って、小さく笑った彼がフィリーネの白い脚を優しく開かせる。

白い膝に音を立てて口付けた。

「すべてを差し出してもいいほど、私は君に溺れている」

独り言のように言ったレオノールが、濡れ切った秘裂に熱いものを押し当ててくる。

「ひ……っ、ああ……っ！」

ずぶずぶと肉棒を呑み込まされて、思わず嬌声を上げた。長く焦らされていたフィリーネは望んでいたものを存分に与えられ、やっと繋がれた快感に、一瞬意識が飛びそうになった。

指で時間をかけて慣らされ、すっかり蕩けた花壺は、少し動かされただけでも、奥まで呑み込まされたレオノールのものを悦んで、きゅうと締めつけてしまう。

身を倒してきた彼が、唇を吸い、上ずった声で囁いた。

「ああ、君の中は天国のようだ……君のことも、もっと感じさせたい」

フィリーネのほうこそ、彼と深くまで繋がっただけで、全身が痺れたような甘い幸福でいっぱいだった。

目を見つめたまま、ゆるゆると動き始めた彼は、フィリーネが痛みを感じていないこと

を確認すると、激しく動き出した。

腰を摑まれて、ずんずんと奥を突かれ、フィリーネはたまらずに喘ぎを漏らす。

「あっ、ひっ、ん、んっ」

激しい腰使いに翻弄され、勝手に逃げようとする体を引き戻されて、抱き竦められる。

猛り切った肉棒で花壺を奥まで押し開かれるたび、じわっとまた新たな蜜が溢れてしまう。

フィリーネが快感を覚えていることがわかるのだろう、レオノールは荒い息を吐きながら、喘ぐフィリーネを凝視している。

「ま、待って、そんな……っ」

ふいに両脚をこれ以上ないほど大きく開かされた。

恥ずかしい格好で、繋がった場所を見つめながら、彼はフィリーネの中をぐちゅぐちゅと蜜を捏ねる音を立てて突き上げてくる。

「あう、あああっ、あ、んっ」

羞恥と快感で半泣きになりながら、フィリーネは甘い声で喘ぐしかなくなった。

彼も今は目元を赤く染め、欲情をあらわにしている。

――レオノールが自分に興奮して、自分の体で感じてくれているのだ。

そう気づくと、繋がった場所がずきずきと疼くように熱くなって、満たされた気持ちになった。

一際荒々しく突かれる。数度、フィリーネの蜜壺を深く貫いてから、最奥にどくどくと熱いものが吐き出された。

すべてを注いで深く息を吐くと、レオノールがじっとこちらを見下ろす。

受け止め切れないほどの刺激にぐったりして、胸を喘がせているフィリーネに、彼は口付けてきた。

フィリーネの髪を撫でて、顔中に何度も愛しげな口付けを落とす。

「フィリーネ、愛している……死ぬまで、君だけだ」

切実な声音で囁かれた甘い言葉が、フィリーネの全身を満たした。

＊　第十章　王太子と聖女の結婚　＊

バルディーク王国の王太子レオノールと、アレンブルグ王国から来た聖女フィリーネの結婚式は、周辺国の王族や大臣が勢揃いする中、厳かに執り行われた。

友好国となり、王国から公国へと変わったアレンブルグから参列したのは、先日戴冠したばかりの新大公だ。

――半年前、婚約披露の宴で王太子の婚約者である聖女が拉致されそうになるという出来事があった。

それが隣国の王の差し金だと判明し、バルディーク王立軍はアレンブルグへの侵攻を決めた。

すると、隣国では意外なことが起きていた。

王の悪政に耐え切れなくなった反乱軍が決起して、王都はすでに内乱状態に陥っていたのだ。

アレンブルグ王立軍内にも続々と王に反旗を翻す兵士が増え、バルディーク王立軍が王都に到着したときには喝采を浴びたほどだった。

すでに城に追い詰められ、ごくわずかな腹心とともに孤立していたフリードリヒはあっさりと捕らえられた。主な罪状は隣国の王太子暗殺を目論んだことだが、他にも数え切れないほどの罪の申告が自国の民から届いた。逆に情状酌量を願う者は一人も現れずに、数多の民を苦しめてきたフリードリヒは処刑された。

新王として立つはずだったフリードリヒの庶子は思慮深い人物で、手を尽くしてくれたバルディーク王国に深い感謝の意を表した。『これからは、王のための国ではなく、民のための国にしたい』と言い、彼は自らバルディーク王国の配下に入ることを申し出た。

レオノールは庶子が治める新生アレンブルグ公国を支配下に置き、自立へと導きつつ、友好国として支援を行うことを決めた。

これで、孤児院や医療院への支援金は格段に増やされ、教会の聖職者たちの扱いもぐっとましになる。民への重税も改善されることが発表されて、公国の民のほとんどがバルディークの従属国になったことを歓迎している。

――レオノールはフィリーネの不安をすべて解消した上で、ずっと願っていた民の安寧まで取り戻してくれたのだ。

これ以上ないほどの報告を土産にバルディーク王国に帰還したレオノールを、フィリーネはいっそう尊敬し、更に彼への愛を深めた。

すべての懸念が払しょくされて、フィリーネは清々しい気持ちで、待ち望んでいた結婚式の日を迎えた。


「見てくれよ、うちの息子、先日折れてしまった腕を聖女様に治していただいたんだ。ほら、もうなんともない！」

城の前に集まった民の中に、嬉々として声を上げる者がいる。

「よかったわね！　羨ましいわ」

「膝を痛めてまともに動けないうちの夫も、なんとか引っ張ってって治していただかなきゃ」

民の興味は、もっぱら聖女が祈りの力で起こしてくれるという奇跡だ。

一時は力を失ったという噂だった聖女は、バルディークに来てからふたたび奇跡を起こし始め、今や周辺国からも注目の的だ。

聖女は老若男女、金を持っているかいないかにかかわらず、人々に面会し、神から与えられる限りの救いを与えてくれるのだという。

そんな中で、健康な人々にとっては聖女の姿を拝める滅多にない機会だと、多くの民が王太子と聖女の結婚式の日を心待ちにしていた。

教会での式が終わると、広場を臨むバルコニーに、待望の王太子夫妻が姿を現した。

「王太子夫妻に祝福を‼」

「お二人にお祝い申し上げます！」

わああっと大歓声が上がる中、主役の二人が手を振る。

煌めく宝石がちりばめられた純白のドレス姿の聖女は、手に持った花束も純白の薔薇だ。纏めた髪には代々の王太子妃に受け継がれてきた小ぶりな金色の冠が輝き、繊細なレースのついた長いベールを纏っている。

左手薬指と開いた胸元には、王太子から贈られた豪奢な指輪と首飾りが燦然と輝いていて、薔薇色に染まった頬が初々しくて愛らしい花嫁だ。

使用人の正装をしたハンナが、目を潤ませながら背後に控え、フィリーネの介添えをしている。

そんな花嫁の隣に立つ王太子レオノールは軍の正装姿で、いくつもの階級章や勲章が胸元に光っている。

王太子は類い稀な美貌と高貴な生まれで、国内のみならず周辺国の独身女性たちから注目されていた。

彼は民に手を振りながら、隣で輝くような笑みを浮かべる花嫁をじっと見つめている。

しばらくすると、その場に集まった誰もが気づいた。

——そう、王太子の視線は民衆ではなく、隣にいる人物だけに向けられている。

つまり、新婚の妃に目が釘付けだということに。

「レオノール様、こんなに多くの人々が祝福してくれています」

妃が嬉しそうに話しかけると、頷いた王太子が彼女に優しく微笑んだ。

「ああ、きっと世界一美しい今日の君を見にきたのだろう。誰にも見せたくないが、今日ばかりは仕方ない。だが……明日からはすべて私のものだ」

妃の手をそっと握った彼がいつもきりりと整っている顔に浮かべたのは、なんとも幸せそうな笑みだ。頬を染めてはにかむ妃を見て、いっそう彼の表情は緩む。

新婚夫妻の仲睦まじい光景に、群衆は驚きでざわめいた。

王太子は『氷の王太子』と言われ続けてきた。直属の部下や城に勤める使用人たちは、彼の本当の人柄を知っていたが、なにも知らない民は彼に親しみを持つことはなかった。

——政務に長け、国防の要を任されていて、軍人としても極めて有能だが、冷ややかで愛想がない男だと。

だが、今日の彼はいかにも幸せそうで、心から花嫁を愛していることが誰の目にもわかる。そんな二人を見た者は、興奮気味に結婚式の様子を語って、不名誉なあだ名はあっという間に人々の記憶の中から消えていった。

――その後。

『なんでも、王太子殿下が昔、隣国で捕虜になったとき、助けたのがあの聖女様だったんだって！』

伏せられていた昔話が、どこからともなくバルディークの民の中に広まっていった。

二人は少年と少女だった頃に出会った。そして大人になった王太子は、奇跡の力を失くして隣国で虐げられていた聖女を救い出して、花嫁に迎えたのだと。

聖女はその礼をするように、バルディークの民に数多の奇跡を起こし、数え切れないほどの救いを与え、人々から感謝されている。今や、王族の中でも、王と王太子に引けを取らないほどの人気者だ。

そんな状況のせいだろうか。

いつしか『捕虜となった王太子に笑みを取り戻させたのは花嫁となった聖女で、また、聖女が奇跡の力を取り戻したのは王太子の愛のおかげなのではないか』という二人のロマンスの話が、人々の間で飛び交うようになった。

敵対していた両国を和平に導き、長い初恋を実らせた王太子夫妻の話題は、貴族たちの茶会や平民が集まる酒場でも常に飛び交って、国中の民を熱狂させた。

結婚式直後から、バルコニーに並び立つ王太子夫妻を描いた絵画は飛ぶように売れた。

どの画家が描いたものも、王太子が聖女を見つめて微笑んでいる構図だった。

『バルディークにやってきて、奇跡を起こした聖女』の話とともに、レオノールとフィリーネが苦難を乗り越えて結ばれ、幸せになる話は、後世まで語り継がれることになる。

＊　エピローグ　王太子と聖女の宝物　＊

——もう間もなくバルディーク王国の宮殿が見える。

「もうちょっとだから頑張ってくれ……」

アレンブルグ公国からの帰国の途上で、レオノールは愛馬を急かした。

少し後ろから部下の乗る馬が必死でついてくる。

一刻も早く宮殿に戻るため、今回の旅に帯同したオットーにあとを任せて、レオノールは先を急いだ。残りの者には無理のないペースで戻るようにと伝えて、ともかく宮殿を目指す。

今回の旅の目的は、アレンブルグ公国の新大公との親善外交のためだ。

長年の間、暴君の悪政に耐えてきたアレンブルグでは、新大公のもとで公国として歩み出しても、すぐに纏まることはなかった。

まずレオノールは、アレンブルグ公国に自国の軍を数隊常駐させた。次に、側近であるやり手のオットーを軍の指揮のために送り込み、新大公の補佐に当てた。

何度か小規模な内乱が起こり、最初の半年、オットーはひたすらその鎮火と処理に追われていた。隣国内が落ち着かないのは、暴君だった前王フリードリヒに疲弊し切った民が、その庶子である新大公のもとでましな暮らしが送れることを信じられないからだった。

しかも、運悪く同じ頃、アレンブルグとは反対側の国境に接するイルヘン王国と他国の間で小競り合いが始まったという情報が入った。

王から国防を任されているレオノールは、イルヘン王国側の警戒を強め、なにかあれば友好国として力を貸せるように準備を進めた。幸いにも諍いが治まり、問題ないようだと確信してから、今度は宮殿には戻らずに、予定していた新生アレンブルグ公国に赴いたのだ。

前王の庶子が本当に大国からの支持を取りつけていて、しかもバルディーク王国の王太子自らが足を運ぶ間柄だとわかれば、新大公への信用度は格段に変わる。フィリーネの仲介で、何人か心ある貴族への紹介も取りつけたから、この機に彼らと新大公との関わりを強固なものにするのも、訪問の目的の一つだ。

それらはきっと、新たな公国の内乱を落ち着かせる一助になるはずだ。

そうして、無事に訪問を終えたレオノールは、あとをオットーに任せて帰路についた。

結局、新婚の身でありながら、出発してからバルディークの王都に戻るまで、四か月近くも経ってしまった。

（いったい、なにがあったのか……）

レオノールはもやもやしたものを抱えながら、ひたすら馬を急がせていた。

数日前、帰路の宿屋で、姉王女アマリアからの手紙を受け取ったときは驚いた。

その内容は、隣国の様子を訊ねるでも、弟の体を気遣うでもなく、『ともかく、できる限り早く帰国してほしい』と急かす走り書きだったからだ。

（もしや、フィリーネになにか……？）

いや、それはないと懸念を振り払う。悪い知らせのときは、王家では慣例として封筒の色を変える。だが、今回の封筒は明るい色が使われていた。

慌て者な姉のことだ、肝心なことを書き忘れたのかもしれない。姉の言葉足らずさをもどかしく思いながらも、ともかく早く戻るべく道を急ぐ。

ようやく宮殿に着くと、ずらりと並んだ使用人たちの背後から、知らせを受けたのか、フィリーネの使用人であるハンナが足早に出てきた。

「レオノール様！　お戻りをお待ちしておりました」

ハンナはなぜか泣きそうな顔になる。

それを見て、レオノールの背筋が冷たくなった。

「ああ、無事に戻った。フィリーネがどうかしたのか？　いったいなにがあった？」

「王太子妃殿下はお部屋にいらっしゃいます。今日もアマリア様が来てくださっていて……その、詳しいことは、私の口からは申し上げられません。どうか、早く行って差し上げてください」

わけがわからないまま、ともかく夫婦の部屋に急ぐ。結婚してから、フィリーネも離宮から宮殿にあるレオノールの居室に移った。留守にするときもここのほうが安全だと、レオノールは姉や使用人たちに、フィリーネのことをよく気にかけてくれるように頼んでから出発したのだが――。

急いで扉をノックする。

すぐに応じた使用人のリリーが「王太子殿下、お帰りなさいませ」と顔を輝かせた。

ソファに座っていた姉と――それからフィリーネがこちらに顔を向ける。

「レオノール！　お帰りなさい、ずっと待っていたのよ」

パッと笑顔になった姉に、事情を聞くまでもなかった。

ゆっくりと立ち上がったフィリーネは、別れたときよりも少しだけ、頬がふっくらして見える。今日は珍しく、胸の下を締めるかたちの、腹部がゆったりとしたドレス姿だ。

「フィリーネ……」

呆然として彼女に近づくと、姉が「では、わたくしはまたあとで」と言って、使用人を促してそそくさと部屋を出ていく。

二人きりになり、零れそうな笑みを浮かべる愛妻をレオノールはまじまじと見つめた。

「お帰りなさい、レオノール様」

「ああ、ただいま……」

はにかんだように微笑んで、彼女は自分の腹を見下ろした。

「レオノール様が出発されて、少ししてから医師に診てもらったのです。お義姉様からのお手紙に驚かれたでしょう?」

「姉からの手紙には詳しいことはなにも書いていなかった。ただ、早く帰れと」

そうなのですね、とフィリーネはくすくすと笑った。

「レオノール様が帰国されてからお知らせしようと思っていたのですが、お義姉様が、『一刻も早く帰ってきてもらわなきゃ!』とおっしゃって」

「私たちの子が、生まれるのか」

「ええ。次の春には生まれるそうです」

「ああ……フィリーネ!!」

湧き上がる感激を抑え切れず、レオノールは妻を抱え込むようにして抱き締める。慌てて彼女の頬を両手で包むと、目を覗き込んで訊ねた。

「もう大神官から祝福は受けたか?　まだならばすぐに呼ぶ。子が無事に生まれるように祈ってもらわねば。そうだ、さっそく乳母を何人か、それから家庭教師も選別しよう。子供部屋も必要だな」

「レオノール様、落ち着いてくださいい。生まれるのはまだずいぶんと先のことなのですよ」

くすくすと笑うフィリーネはこの上なく幸せそうだ。その笑顔を見ると、レオノールの胸にも温かいものが込み上げてきた。

「君を得られただけでもじゅうぶんすぎるくらいに幸せだったのに、また、新たな宝物が増えるのだな」

レオノールはまだかすかにしか膨らんでいない妻の腹をおそるおそる大事に撫でた。

信じ難い奇跡を実感するかのように。

すると、ふわっとあたりに光が満ちて、きらきらしたものが彼女の腹の周りで輝いた。

驚いて目を瞠ると、フィリーネがにっこりした。

「神様が祝福を授けてくださったようです。なんだか、お腹が膨らみ始めてからたびたびこんなふうに輝くので、特別多くの祝福をお与えくださっているみたいですわ」

「ありがたいことだ。この子が男子であれば、我が国の次期王太子となる。女子であれば、奇跡の祝福を受けた聖女になるかもしれないな」

感動を覚えながら言うと、フィリーネがスミレ色の美しい目でこちらを見上げた。

「そうだ、これを」と言って、レオノールは妻の腕に、自らの腕から外した金細工のブレスレットをはめる。

「これは……バルディーク王家の……？」

「ああ、そうだ。十三年前にフリードリヒ王に奪われたものだ。一度取り戻したあと、アレンブルグから解放されるときに『いつか必ず礼をする』という君宛ての手紙とともに、教会の大神官に預けてあった。だが、結局、君には届かなかったようだが……」

感慨深い気持ちで、レオノールはブレスレットを見下ろした。

「今回の遠征の際、前王が隠していたらしい教会の宝物庫の中から見つかった」

レオノールはブレスレットをはめたフィリーネの腕をそっと撫でる。

「やっと手元に戻ってきた。これをずっと君に渡したいと思っていたんだ。王族の証しで……結婚する相手に渡すものだから」

出会ったあのときからすでに抱いていた想いを告げるみたいに言うと、フィリーネの頬がうっすらと赤くなった。

十三年越しに渡せたブレスレットは、どんな環境に置かれていたのか、まるで新品のような輝きを放っている。

「ありがとうございます。大切にしますね」

フィリーネは笑顔で礼を言った。

「君の祖国アレンブルグを見て回ってきたよ。まだしばらくは落ち着かないだろうが、新大公は国をよくすることに注力している。きっとこれから国内の状況は改善されていくだろう」

　彼女が気にしていた孤児院と教会にも行き、神官付きの使用人のローゼと、孤児院長に頼まれていた手紙を渡して、返事を預かってきたことを伝える。二人とも元気そうで、結婚を喜んでくれたと言うと、安心したのか、フィリーネは目を潤ませた。

「そうだ、君が祈りを捧げてくれたのだろう？　おかげで向こうはずっと晴天で、なにもかも滞りなく済んだよ」

　きっと、毎日レオノールの無事を祈ってくれたであろう妻に礼を言うと、彼女が安堵したように頷く。

「祖国の民を助けてくださったことに、深く感謝します。きっとこの子も、他国の窮状を救い、再建に導いた父上の偉業を誇りに思うでしょう」

　フィリーネはうつむき「この子が大人になる頃も、どうか平和な世であるといいのですが」と呟く。

「そうだな。君と、生まれてくる子のためにも、我が国をより素晴らしい国にしなくては」

　ますますバルディーク王国を繁栄させて、大陸の平和に貢献しなくてはならない。どの国の民も幸せに暮らせるように。

　――そして、愛する妃と、我が子が生きていく未来のためにも。

レオノールは彼女の背中に手を回して恭しい手つきで抱き寄せ、長い髪を撫でる。

「……君は、私に信じられないほどたくさんの幸せをくれる」

そう言ってから、腕の中にいる愛しい存在をじっと見つめた。

「生涯、私のそばにいてくれるか」

はい、とこの上なく幸せそうに微笑むフィリーネにホッとして、また懐深くに抱き締める。

仰のいた彼女に、顔を伏せてそっと口付けると、フィリーネの白い頬がほんのりと染まった。

ふたたび、あたりにきらきらした光が舞い始める。

神がまた、自分たち夫婦に祝福を授けてくれているようだ。

そう気づいたレオノールは最愛の妻を抱き締めると、これまで生きてきた中で、一番幸せな気持ちで頰を緩めた。

END

＊　あとがき　＊

初めまして、こんにちは、釘宮つかさです。

今回は初めてヴァニラ文庫様にお世話になりまして、ＴＬ小説を書かせていただきました。

献身的で清らかな心を持つ聖女と、有能だけど猪突猛進なヒーローとの両片想いな擦れ違いなど、自分の好きな感じのお話をむぎゅっと詰め込ませていただいたので、どこか楽しんでいただけるところがありましたら嬉しいです。

余談なのですが、宮殿に着いてから、珍しく熱を出して床に臥せたフィリーネを心配して、レオノールが離宮に見舞いに行って朝まで付き添う、みたいなネタを入れたかったのですが、余裕がなくて入らなかった……（熱が下がって元気になったら、『汗をかいただろう』とか言って夜着を脱がせ、恥ずかしがるところを体をすみずみまで拭かれてしまう、というところまでがお約束です）。

更に余談なのですが、レオノールの側近のオットーは銀髪のイケメンで、レオノールにも引けを取らないほどの男前なので、彼の恋愛話も書いてみたかったなと思いました。

（周囲にはモテモテの遊び人のように見せておいて、その実、幼馴染みの地味な令嬢を想い続けて、でも気持ちを告げることはできず、ただ大切に守っているとかだといいなあと思います……！）

イラストを描いてくださった森原八鹿先生、美貌のレオノールと可憐なフィリーネを本当にありがとうございました！

私の原稿の仕上がりが遅かったせいで（大変申し訳ありません汗汗）先にイラストをいただけたので、イラストのイメージを念頭に置いて進めることができて、すごく書きやすかったです。

カラーもモノクロも、どのイラストも素晴らしく綺麗で見惚れてしまいました。以前からいつか描いていただきたいと思っていたので、願いが叶ってとても嬉しかったです。

担当様、久し振りにお世話になったのにたくさんご迷惑おかけしてしまい、申し訳ありませんでした……！　今回も細部まで丁寧に見てくださり、感謝の気持ちでいっぱいです。

そして、この本の制作と販売に関わってくださったすべての方にお礼を申し上げます。

最後に、読んでくださった方、本当にありがとうございました！

またどこかで読んでいただける機会がありましたら幸せです。

釘宮つかさ

虐げられた聖女は
氷の王太子に熱く愛し尽くされる

Vanilla文庫

2024年11月20日　第1刷発行　定価はカバーに表示してあります

著　者　釘宮つかさ　©TSUKASA KUGIMIYA 2024
装　画　森原八鹿
発行人　鈴木幸辰
発行所　株式会社ハーパーコリンズ・ジャパン
東京都千代田区大手町1-5-1
電話　04-2951-2000(営業)
0570-008091(読者サービス係)
印刷・製本　中央精版印刷株式会社

Printed in Japan ©K.K. HarperCollins Japan 2024 ISBN978-4-596-71751-1